HENRI RAINALDY
DON JUAN
PARISIEN
E. Bernard, Imprimeur-Éditeur, Paris

Un don Juan Parisien

A mon ami,
le Docteur Georges Raymond
H. R.

Un Don Juan Parisien

Par Henri Rainaldy

PARIS

E. BERNARD, IMPRIMEUR-ÉDITEUR

29, Quai des Grands-Augustins, 29

SUCCURSALES

1, Rue de Médicis | Galeries de l'Odéon, 8-9-11

—

Droits de Traduction et de Reproduction réservés.

Un don Juan Parisien

I

Une longue file d'hommes et de femmes suivaient le corbillard… Aucun recueillement n'attris-
tait ce cortège funèbre. Les hommes causaient entre
eux de leurs affaires, de leurs ambitions, de leurs
espoirs, de leurs plaisirs ou de la fin volontaire de
celle qu'ils accompagnaient à sa dernière demeure.
C'étaient des artistes, des peintres, des sculpteurs,
des journalistes et des désœuvrés montmartrois, de
ceux aussi dont on ne connaît ni le présent, ni le
passé, ni les ressources, mais que l'on rencontre
partout, sur les boulevards, dans les coulisses des
théâtres de genre, à l'orchestre, lors des grandes
premières, et dans les établissements où l'on soupe.

Les femmes, en plus grand nombre, étaient d'anciennes camarades de concert ou de fête de la morte,
et elles suivaient, en pépiant, en jacassant, en riant,
en se racontant des secrets de boudoirs et d'alcôves.
Leurs toilettes voyantes et riches égayaient le cortège, faisaient s'arrêter les passants et sortir les com-
merçants à la porte des boutiques.

— Qui donc enterre-t-on ? demanda une grosse
épicière à une petite chanteuse brune qui suivait le
convoi et qu'elle reconnut pour une de ses clientes.

— La belle Juanita del Pilar.

— Ah ! la belle Juanita des Folies Joyeuses ?

— Oui...

L'espagnole Juanita del Pilar, dont la beauté remarquable et le talent de danseuse avaient fait courir
tout Paris au célèbre music-hall, s'était suicidée,
l'avant-veille dans le salon du somptueux appartement qu'elle occupait boulevard Rochechouart.

Les domestiques ayant entendu une détonation,
étaient accourus juste à temps pour relever leur maîtresse qui gisait sur une peau d'ours blanc. Un filet
de sang lui coulait de la tempe droite et tachait de
pourpre la liliale blancheur du tapis.

Auprès de Juanita, un petit revolver chargé de
cinq cartouches, fumait encore, et sur une table empire qui servait parfois de bureau à l'artiste, se trouvait, bien en évidence, une enveloppe cachetée, et
portant cette suscription, d'une écriture nerveuse :
« Pour François Géraldo, quand je serai morte. »

François Géraldo, un artiste peintre déjà connu,
marchait derrière le corbillard, en tête du cortège,
auprès de son fidèle ami, le talentueux mais encore
ignoré sculpteur Philippe Champaix.

Le convoi se dirigeait vers le cimetière du Nord
(cimetière de Montmartre), où, quelques mois
auparavant, et en prévision sans doute, de son

horrible fin prochaine, Juanita s'était fait construire un caveau.

Géraldo, bien que profondément troublé par le suicide de sa trop aimante et jalouse maîtresse, se laissait pénétrer par un mauvais orgueil. Il sentait que, derrière lui, dans cette foule, et partout dans la ville, on s'occupait du suicide de Pilar, et que la rumeur publique le désignait, lui, don Juan, comme la cause unique de cet acte de désespoir.

Avide de toutes les notoriétés, de toutes les gloires, de toutes les ambitions malsaines, désireux de connaître l'inéprouvé, de ressentir toutes les sensations inconnues, il ne lui restait ni le temps, ni le moyen de s'attrister sur la mort de cette femme, qui l'avait follement aimé, ni de regrets pour la perte de cette beauté splendide et rayonnante, de ce corps impérial, de cette chaire palpitante d'amoureuse, qui s'en retournait prématurément, entre les planches d'un cercueil, vers la poussière et le néant.

— Quelle folie !... disait-il simplement, pour apprécier le suicide de Juanita... Se tuer ainsi, en pleine jeunesse, en pleine beauté, en plein bonheur...

— En pleine souffrance ! avait rectifié une de ses camarades de théâtre, qui la connaissait bien.

— Taisez-vous donc... Un moment de déraison a suffi.

— Lâche que vous êtes !... mâchonna entre ses lèvres l'artiste des Folies-Joyeuses, en lui tournant le dos.

Mais Géraldo ne répondit à l'insulte que par un sourire ironique.

Philippe Champaix, après avoir un instant respecté le silence de son ami, qu'il voyait très pâle, lui demanda :

— Tu souffres ?

— Moi ?... Non.

Et comme s'il avait soudain senti toute la cruauté de cet aveu d'égoïsme, et qu'il eût été désireux de l'effacer, il ajouta :

— Je suis triste... Pauvre... pauvre Juanita !...

— C'est bien par amour qu'elle s'est tuée ?

— Il ne peut y avoir aucun doute à cet égard. La lettre qu'elle m'écrivit avant de se suicider ne contenait que cette seule phrase : « Je ne veux ni me venger ni supporter plus longtemps tes trahisons. »

Mais ils venaient de franchir le seuil du cimetière, et après plusieurs détours dans les allées, le convoi arrivait au caveau de Juanita.

Pas une larme ne roula le long des joues de Géraldo. Il regardait avec des yeux secs et froids les croque-morts brutaliser le cercueil de sa maîtresse, et dans sa cervelle comme soudain vidée, aucune pensée de remords ni de repentir ne naissait.

Et pourtant, celle qui avait été son amante, celle dont le corps adorable et la souveraine beauté avaient fait palpiter de désir les foules, n'avait jamais voulu après s'être donnée à lui, appartenir à d'autres.

Quand il eut fini de recevoir, avec une dignité

quelque peu hautaine, les condoléances de ceux des assistants qui le connaissaient et savaient par quels liens il se trouvait uni à la morte, tout le monde étant parti, il sortit lentement du cimetière et toujours accompagné de Champaix.

— Vois-tu, dit-il une fois revenu sur le boulevard, je ne m'illusionne pas... D'aucuns ont dû trouver incorrecte mon attitude ; d'autres ont pensé que je suis un être sans cœur. « Elle s'est tuée pour lui... et il ne la pleurait même pas... » Mais, de toutes ces opinions je n'ai cure, la multitude peut s'honorer de mon mépris... Ils ne comprennent pas, ces individus vagues, que l'on a le droit, après avoir souffert ce que j'ai autrefois souffert, enduré ce que j'ai enduré, de devenir un absolu, un parfait égoïste. Je suis un fruit superbe de la décadence, et j'abrite en moi les raffinements adorables d'un art quintessencié, en même temps que je vis pour jouir... Que l'on m'excuse, que l'on me plaigne et que l'on m'admire...

Champaix connaissait assez les défauts de son ami, et plutôt il avait une tendance à le mépriser qu'à l'admirer. Mais néanmoins, comme sa nature de bonté l'y poussait, il l'excusait, et c'est en toute sincérité, avec le plus parfait dévouement, qu'il essayait de le ramener à des idées plus justes, plus sages et plus vraies.

Aux conseils désintéressés de Philippe, François ne répondait que par : « A quoi bon ? » — « C'est faux. » — « Le monde ne mérite même pas qu'on s'arrête pour le regarder ; on peut le fouler aux pieds sans remords; ...et chaque être, quel qu'il soit, n'est qu'une parcelle de ce monde méprisable. »

Tant de pessimisme et de rancœur ne pouvaient provenir que de souffrances non encore oubliées. Champaix le comprenait et, par instants, il se sentait pris pour son ami, d'une grande pitié.

— Pauvre cher ami ! disait-il... Tu as pourtant tout ce qu'il faut pour être heureux et pour semer du bonheur autour de toi.

Talent, fortune, succès, rien ne te manque... Et tu te plains de ton sort !... tu souffres de ta vie... Moi, je n'ai ni les moyens ni ta notoriété ; la misère souvent, me visite, eh bien ! dans des jours ordinaires, —les jours moins attristés qu'aujourd'hui — je suis content tout de même ; je prends patience ; j'ai la foi. C'est ce qui me fait aimer la vie et les êtres... Le soleil du succès, quelque matin, me réchauffera de ses rayons, et au lieu de passer mon existence à la recherche de l'Insoupçonné, de l'Irréel, ainsi que le font les coupeurs de fil en quatre, je tâche de faire bon ménage avec la réalité...

Ils étaient arrivés, en suivant le trottoir, jusqu'à la terrasse du café de l'*Ermitage*.

— J'ai soif, dit Géraldo. Et il désignait le café.

— Mais... malgré...

François ne répondit à ces mots d'hésitation, qui découvraient tous les scrupules de son ami, que par un dédaigneux haussement d'épaules.

— Philistin que tu es !... Moi, je suis un esprit fort... La mort n'arrête rien, ne change rien... Une mort ne compte pas plus dans l'univers que le tour de roue d'une voiture en marche... Ce n'est rien, rien, rien... entends-tu ?... Allons, viens.

Ils entrèrent.

— Comment as-tu pu devenir ce que tu es ? Quel désastre dans ta conscience !... Je ne te reconnais plus...

— Te déplairais-je ainsi ?

— Tu me fais beaucoup de peine.

— Me crois-tu responsable ?

— Oui.

— Erreur. Le responsable, c'est mon passé. Je suis ce que m'a fait l'amour, ce que m'ont fait les femmes, ce que m'a fait la vie...

— Sophiste !...

— Si tu y tiens. Et qu'importe...

— Parlons d'autre chose, veux-tu ?

— Eh ! que diable ! on dirait que tu ne connais pas mon histoire, et que tu ne sais pas...

— Je sais, je sais, interrompit Philippe.

— Alors... J'ai raison, tu entends, raison. On m'a donné le droit d'être égoïste, méchant, orgueilleux, cruel et injuste. J'en use.

— Tu as tort.

— Ce n'est qu'une opinion.

Ils ne pouvaient discuter davantage, sous peine de

voir s'élever le diapason de leur causerie jusqu'aux éclats de la colère, et ils se turent.

François se mit à regarder les passants qui défilaient sur la chaussée, et Philippe se perdit dans un flux de pensées.

C'était vrai pourtant, que son ami avait beaucoup souffert, pour avoir aimé, pour avoir été bon.

Son fiel, abondamment, lui avait été fourni par le malheur.

Et dans la mémoire du sculpteur, le drame de jadis, défila en des images de cinématographe.

A dix-neuf ans, Géraldo habitait Alger-la-Blanche, où son père, fonctionnaire colonial, attendait patiemment sa retraite prochaine. François suivait les cours de la Faculté des lettres, et c'est à une conférence universitaire qu'il vit pour la première fois Mme Fleuri et lui parla.

Coquette et jolie, amoureuse et volage, cette femme bien que mariée, scandalisait le monde militaire auquel appartenait son mari en qualité d'officier d'intendance, par une suite ininterrompue d'aventures galantes.

Le mari, très abruti par l'absinthe, et désireux avant tout de tranquillité, ne se souciait pas plus de sa femme que du dernier des hommes placés sous ses ordres, et il lui laissait toute liberté d'allures et d'actions.

Se faire courtiser, puis aimer par ce jeune et naïf garçon qu'était Géraldo, ne fut qu'un jeu pour la femme de l'officier, et à ce jeu elle prit grand plaisir.

Leur liaison devint à peu près publique. Elle aimait à afficher ses amants quand ils étaient jolis. Mais, comme presque toujours en amour, l'un des deux contractants devait être dupe, et ce ne fut pas Mme Fleuri.

François avait bu à la coupe de volupté avec une fougue, une passion telles que fatalement il devait s'enivrer. C'est ce qui lui arriva.

La femme ne donnait que son corps; le jeune homme — l'enfant pourrait-on dire — donnait toute son âme.

Et il advint ce qui devait advenir. Il fut jaloux. « Jaloux ! Quel vilain défaut ! » Et avec le prétexte de l'en guérir, sa maîtresse prit un second amant, sous les espèces et apparences d'un sous-officier de tirailleurs indigènes, un arabe crâneur et vicieux.

Géraldo souffrit — et vous devinez quel martyre ! — pleura, supplia, menaça... Que pouvait-il de plus contre une telle femme ? Plus elle le vit souffrir, et plus elle se détacha de lui, si bien qu'un jour elle en vint à le railler, à l'humilier, à l'insulter, puis à refuser de le recevoir et de le revoir.

Alors, ainsi qu'une bête blessée, l'homme erra... Le désert de son cœur ressemblait au désert du sud ; un simoun d'horreur soufflait sur sa détresse ; l'abattement succédait en lui au courage, le calme à la tempête, l'orage sombre au radieux soleil.

Puis un jour, sans raison, parce que le hasard le

voulut ainsi sans doute, la tempête fut si terrible qu'elle dévasta le cerveau de François et déchaîna sur son cœur une trombe de haine.

Par une nuit de printemps, sous la splendeur bleue du ciel algérien, il rencontra sa maîtresse, au bras du grand turco, serrée contre lui, passionnée, féline et inconsciente comme une chatte en folie. Le couple se dirigeait vers une maison isolée, près du quartier de Mustapha, où ils avaient accoutumé de passer leurs heures d'amour.

Il vit cela et ensuite il vit rouge, et c'est à coups de hache qu'il se vengea. Le vaillant turco avait pris la fuite.

Au petit jour, on retrouva François Géraldo prostré, à demi-fou, auprès du corps inerte de Mme Fleuri qui ne ressemblait plus qu'à une chose épouvantable, écrasée, tailladée, hideuse, baignant dans une grande flaque de sang.

Ce fut, à partir de ce jour, pour l'inconscient assassin, le supplice d'une longue prévention ; les tortures d'une instruction qui fouilla jusqu'au plus intime de son cœur ; la honte des assises ; le désespoir du pauvre père Géraldo qui ne sut pas résister à une épreuve pareille et en mourut.

Enfin, en guise d'apothéose, dix ans de travaux forcés.

Le condamné connut le doux climat de la Guyane et le doux régime du pénitencier. Néanmoins, sa robuste constitution résista à l'un comme à l'autre et, quand au bout de quatre ans, une grâce présidentielle complète, obtenue par les incessantes démarches d'une famille riche et influente, (ses oncles et une tante veuve d'un général), lui permit de rentrer en France, ce ne fut pas l'étudiant Géraldo qui revint, ni l'amant de Mme Fleuri, ni l'assassin, ni même le forçat; ce fut un autre homme.

Le malheur l'avait mûri, puis le fruit trop mûr était tombé en pourriture.

Très doué pour les arts et désireux de s'ouvrir une carrière, il suivit les cours de l'Ecole des Beaux-Arts en élève brillant, durant deux années.

A ce moment, un gros héritage vint assurer son avenir matériel, et c'est alors que, libre de vivre à sa guise et de satisfaire ses fantaisies et ses caprices il se jura de n'aimer jamais, jamais plus… Et il se complut à faire souffrir toutes les femmes qu'il rencontrait, et qui voulaient bien goûter au miel de ses paroles, à la saveur empoisonnée de son baiser.

Cette besogne de vengeance lui fut facilitée par son physique don juanesque, et dans les milieux de fêtards où il se mit à fréquenter et où les jolies filles perdues sont attirées par tout ce qui sent le vice et le sang, il porta orgueilleusement autour de son front, la lourde auréole du crime.

Toutes ces amoureuses, ces vendeuses d'amour, ces malades, ces hystériques, curieuses de jouissan-

ces malsaines, détraquées et perverses admirèrent
en lui « le mâle vaillant qui avait osé en tuer une ! »
Juanita, elle, ne l'avait aimé que pour son cœur
pantelant ; par charité, par pitié, mais de toutes ses
forces,... et devant la constatation de son irréparable
erreur, saisie d'épouvante, elle s'était sacrifiée !

II

Philippe Champaix représentait le contraste vivant
de son ami François Géraldo. D'une nature affec-
tueuse et tendre, il cachait aussi, sous des dehors
timides une volonté de fer dans la loyauté.

Travailleur acharné et plein de talent, il savait
qu'un jour viendrait où il prendrait enfin la place qui
lui était due. Alors, sorti pour toujours du besoin, —
il était orphelin et sans ressources, — son rêve serait
de faire un mariage d'amour avec une jeune fille
pauvre, mais vertueuse, qu'il aimerait de tout son
cœur, et qui serait bien obligée de l'aimer de toute
son âme.

A eux deux, ils créeraient, ils formeraient une
famille, car Champaix voulait que son nom fut encore porté par de nombreux descendants.

Le maître Donat, le plus célèbre des sculpteurs
vivants, nourrissait pour son élève Philippe une affection profonde, étayée par une grande estime. Il aspi-
rait pour lui aux plus hautes destinées artistiques, et
s'il avait attendu que l'éclosion, ou plutôt l'épanouis-
sement du talent de son élève fut complet avant de
le lancer dans la vie, c'est qu'il l'avait voulu tout à

fait armé pour réussir ; sans même l'ombre d'une crainte d'échec.

La semaine précédente, il l'avait présenté lui-même, dans une famille avec laquelle il entrenait des relations d'amitié ; la famille de Bienne.

M. de Bienne désirait faire exécuter par un véritable artiste, le buste de sa fille Nelly, une blonde aux tons clairs comme l'or des blés en été.

Le maître lui avait dit :

— Fiez-vous à moi... Je ne puis guère vous offrir de mettre mon propre ciseau au service de la grâce de votre fille, car j'ai renoncé, depuis plusieurs mois, à travailler. Voyez comme je tremble... mes mains n'obéissent plus à ma volonté... Mais, je puis vous faire connaître un autre moi-même, un garçon que j'ai formé et qui est, à présent, dans la pleine maturité de son talent.

— Nous avons en votre jugement, la plus absolue confiance, cher ami. Amenez-nous votre élève et il aura la commande. Nul doute que son talent soit au-dessus de nos espérances.

— Avec un aussi charmant modèle que ma petite Nelly... observa le sculpteur.

— Oh ! cher maître ! comme vous devenez flatteur !

— Il est un peu tard à mon âge pour entrer dans cette voie, semblez-vous vouloir dire...

— Allons, ne taquinez pas Nelly, cher ami ; vous savez qu'elle a horreur des compliments.

Philippe Champaix fut présenté par son maître.

Sa simplicité et la franchise de son regard plurent tout de suite, au père et à la jeune fille.

— Dites-donc, remarqua M. de Bienne au maître Donat, ce doit être un bœuf pour le travail, votre élève. Cette carrure, ce front de volonté, cette main ferme...

— C'est, en effet, un grand travailleur; mais c'est aussi une grande intelligence et un grand cœur.

La semaine suivante, le sculpteur se mettait à l'œuvre.

Il fut convenu que les séances de pose auraient lieu tous les jours, à l'hôtel de Bienne.

L'époque du Salon était proche, et le maître avait indiqué que le buste y figurerait à côté de sa dernière œuvre; un marbre symbolique : *La Poésie*.

— De la sorte, disait-il, on verra une fin à côté d'un commencement.

Mlle de Bienne avait bien soulevé quelques objections à propos de cette exposition publique d'un peu d'elle-même, mais son père était parvenu à calmer ses scrupules.

Les séances de pose ne fatiguaient ni le sculpteur ni le modèle, tellement elles étaient agréables. Philippe se sentait dans du bien-être, en ce petit salon coquet où il travaillait avec des alternatives de repos et de conversation entre M. de Bienne et Nelly.

Le père, qui avait beaucoup voyagé charmait par ses histoires l'imagination vive du peintre; et la sincérité de Mlle Nelly, son amabilité, son caractère sérieux ou gai, suivant le cas, sa beauté rayonnante charmaient également le sculpteur qui ne s'était jamais trouvé, lui, pauvre orphelin, dans une atmosphère aussi douce.

Philippe ne tarda pas à gagner l'estime de M. de Bienne et de Nelly.

Le père se prit, pour ce garçon, bon, courageux et intelligent, d'une affection sincère, et la fille observa que le mari, à elle destiné par l'avenir devrait bien ressembler en tous points à M. Champaix.

Le sculpteur, de son côté pensait que vivre dans un milieu pareil de tranquillité et de bonheur, avec, pour femme, une jeune personne aussi accomplie que Mlle de Bienne, serait le comble de sa fortune et de ses désirs...

Qu'allait-il penser là !... Epouser Nelly? — Quelle folie... Son ambition se devait borner à une jeune fille pauvre... Pauvre, oui... mais qui lui ressemblerait à elle, physiquement et moralement.

Bref, malgré leurs efforts pour dompter des sentiments qui croissaient en eux avec force et rapidité, l'idylle commençait.

M. de Bienne qui montrait, pour la vie et les choses de la vie, les sentiments très larges d'un homme loyal ayant beaucoup vu et beaucoup vécu, se plaisait à constater les progrès d'un amour qui allait sans doute lui permettre de réaliser son désir de père expérimenté : « Marier sa fille à un brave garçon, franc et sérieux, quoique sans le sou, plutôt qu'à un riche noceur de son monde, à un fils de famille, usé, désabusé, blasé. »

Avant tout, il voulait le bonheur de son enfant, et en matière de bonheur familial, il prétendait être bon juge.

A preuve, c'est qu'il avait bien, lui, épousé une petite institutrice de province, sans pour cela se croire déchu...

Son bonheur n'avait été que de courte durée il est vrai, puisque sa femme, sa femme adorée était morte, peu de temps après la naissance de Nelly.

Jamais l'idée de se remarier ne lui était même venue, et il souffrait encore, 28 ans après, de la perte cruelle qu'il avait faite. Il ne vivait que pour sa fille ; il la voulait heureuse, il la ferait heureuse...

Nelly aimait son père plus que tout au monde, et ce qui pouvait plaire à M. de Bienne, lui plaisait à elle-même, forcément...

La réciproque étant vraie, le père se frotta les mains quand il comprit que les deux jeunes gens n'avaient pas d'antipathie l'un pour l'autre, bien au contraire. Certain qu'il était de leur honnêteté, il se plut à les abandonner à eux-mêmes.

Par un après-midi de gai soleil, ils laissèrent échapper l'aveu qu'ils ne pouvaient plus retenir.

— Vous êtes lasse de poser, ...eh bien ! reposez-vous un peu, s'il vous plaît.

— Volontiers...

Elle examina les progrès du travail de Philippe.

— Comptez-vous être prêt pour le Salon ?

— Je serai prêt, si toutefois vous consentez à allonger un peu les séances...

— Oh ! avec plaisir !...

Ces mots furent dits dans un élan tel que le sculpteur ne put s'y méprendre. Toutefois, il se borna à les expliquer par une vive sympathie. Nelly comprit qu'elle s'était peut-être trop avancée ; une rougeur subite colora son visage et elle tâcha de se ressaisir.

— Je veux dire que cela ne me fatiguera probablement pas trop.

Malgré son propre trouble, le trouble de Champaix ne lui échappa point. Plus encore qu'elle-même il était ému, et ce fut d'une voix tremblante qu'il dit :

— Non, ...je crois qu'il vaut mieux, ...pour le moment en tout cas..., prendre un peu de repos... Je ne me sens ni le cerveau assez libre, ni la main assez sûre pour continuer ma besogne aujourd'hui.

— Vous allez donc me quitter, déjà ?...

— Oh ! non, non ! Si vous le voulez bien, je resterai auprès de vous encore ; aussi longtemps que vous me le permettrez, ...jusqu'à ce que vous me disiez de partir...

— Dans ce cas...

Elle n'acheva pas.

— Mademoiselle Nelly, Mademoiselle Nelly, implora-t-il craignant de l'avoir fâchée, pourquoi n'achevez-vous pas d'exprimer votre pensée, pourquoi ne me donnez-vous pas, en m'indiquant que je suis un fou, le courage de dissiper mes illusions?...

— Vos illusions, Monsieur Champaix, peuvent devenir des réalités.

— Que dites-vous Mademoiselle? que dites-vous?...

— La vérité seule...

L'émotion qui les étreignait tous deux devenait de plus en plus forte, — trop forte, — et ils ne trouvaient plus la volonté de parler, tant ils craignaient de voir la joie qui les envahissait, éclater, exploser, devenir du délire.

Pendant quelques instants ils se regardèrent avec des larmes d'attendrissement et de bonheur au bord des paupières, jusqu'au moment où Philippe, comprenant enfin, tout à fait, sans hésitation possible, les sentiments qu'il inspirait à Mlle de Bienne, se laissa tomber à genoux devant le fauteuil où elle était assise, et lui prit la main.

Elle ne prononça qu'un mot, un nom :

— Philippe !...

Et dans ce mot, tout son amour passait.

— Nelly ! répondit-il, Nelly !... Est-ce vrai?.. Tant de bonheur peut-il être permis à un pauvre garçon comme moi?... Est-ce possible?... Dois-je le croire?... Mais c'est trop beau,... trop beau !... Nelly ! ô mon adorable modèle,... aimeriez-vous le triste artisan que je suis,... un gâcheur de plâtre?

— Un ciseleur de marbre !...

— Un artiste malheureux !...

— Un talent qu'attend la gloire...

Mais, la porte du salon s'ouvrit soudain, et M. de Bienne parut. Philippe épouvanté par cette apparition qui figurait pour lui la statue du commandeur, se releva et fit quelques pas en arrière, comme un homme surpris en faute et menacé du châtiment.

Nelly, au contraire, très calme en apparence, très maîtresse d'elle-même et de son émotion, s'avança à la rencontre de son père, et parvint à lui dire, d'une voix enjouée, — car la voulait ainsi sa volonté d'amoureuse :

— Petit père chéri, imagine-toi que nous venons, M. Champaix et moi, de nous apercevoir d'une chose qui nous trouble et nous surprend assez, bien que plutôt naturelle : Nous nous aimons !

— Ah ! fit simplement M. de Bienne sans s'émouvoir, ou du moins sans en rien laisser paraître.

— Oui...

— Eh bien ! mes enfants, c'est parfait ! L'amour est une chose belle et digne, qu'un père aimant sait toujours respecter. Il n'y aura donc plus qu'à vous marier...

Le sculpteur eût un élan vers M. de Bienne.

— Monsieur... Pardon... Pardonnez-moi .. Mais, c'est vrai ce que vous venez de dire ?...

— Eh oui ! c'est vrai... Grand artiste naïf que vous êtes... C'est vrai ; tout à fait vrai... N'avez-vous donc pas encore compris que je vous aime aussi, moi, comme l'on aime un fils !...

Alors, Philippe ne sut plus se contenir ; son cœur gonflé par la joie parut éclater ; ses larmes jaillirent ; des sanglots entrecoupés de rires lui sortirent violemment de la gorge, et il se jeta dans les bras de M. de Bienne, très remué lui aussi.

— Est-ce possible ?... Tant de bonheur !... C'est trop, trop !... Je suis trop heureux !

Et puis, se retournant vers Nelly :

— Excusez-moi, Mademoiselle, si je ne puis... me contenir... Je dois vous paraître bien ridicule... Mais, c'est plus fort que moi...

Pour le calmer, elle lui prit, à son tour la main.

— Cher ! cher Philippe !... Vous êtes bon ! Et la bonté n'est jamais ridicule.

III

Il y a, derrière le Sacré-Cœur, à Montmartre,
quantité de petites rues tortueuses et d'allure pro-
vinciale, qu'ignorent à coup sûr la majeure partie
des Parisiens.

C'est pourtant le seul endroit de Paris qui reste
pittoresque, et d'où la vue peut s'étendre plus loin
que sur la perspective des becs de gaz ou des forêts
de cheminée.

De ce quartier haut perché on découvre la plaine,
bien au delà de Saint-Denis, et les collines qui l'en-
closent.

On y trouve encore de vieilles maisons de la
Renaissance — d'anciennes villas — et c'est là que
chaque année fleurit et bourgeonne la dernière des
vignes parisiennes.

Ce coin isolé, cher aux artistes qui y habitent en
assez grand nombre, était assez assidûment fré-
quenté par François Géraldo. Le peintre venait là,
deux ou trois fois par semaine, dans une sorte d'an-
tique auberge, transformée par un poète original en
cabaret artistique.

La maison, ou plutôt les deux maisonnettes accotées l'une à l'autre, ressemblaient à quelque chaumière montagnarde, et sans une enseigne en tôle fixée au mur de la façade on eût pu croire que seul un philosophe s'était choisi pareille demeure.

L'enseigne disait : « Ici on peut rire et boire. » Cela s'appelait, par dérision sans doute, le Château des Muses ; mais des artistes farceurs l'avaient baptisé : « Aux assassins ». Non pas que dans cette maison personne eût jamais reçu de coups de couteau dans le cœur ou de balles dans la tête, mais plutôt parce que d'aucuns prétendaient que durant les soirées littéraires de l'endroit on assassinait la poésie et la musique. Mais je crois que l'aspect de l'établissement qui nullement ne ressemblait à un cabaret parisien, n'avait pas peu contribué au surnom et à la légende.

D'ailleurs, pour mieux apprécier les gens qui l'habitent et le fréquentent, entrons. Porte étroite et basse. On débouche dans une petite pièce encombrée d'un vulgaire « zinc » de marchand de vin. Deux tabourets s'appuient contre le mur. Ils servent durant la journée à quelques ouvriers assoiffés.

Au fond de la pièce, un escalier de trois ou quatre marches accède à une salle enfumée, basse de plafond mais assez vaste. Des tables vulgaires en bois ; des sièges ; dans un angle, une vaste cheminée semblable à celles des vieilles maisons montagnardes,

et sous le manteau de laquelle deux hommes peuvent
s'abriter.

Aux murailles blanchies à la chaux, s'exposent les
œuvres de peintres à l'imagination sans doute déran-
gée ; des plâtres fantaisistes les accompagnent ; il
en est pourtant dont l'originalité remarquable mérite d'attirer l'attention.

C'est surtout un grand Christ de plâtre fixé à
une croix qui arrête le regard. Il est tellement douloureux avec ses plaies maquillées de rouge, tellement verdâtre et décomposé qu'il donne l'impression
angoissante d'un vrai cadavre.

Autour des tables, silencieusement de jeunes artistes à grands cheveux et à larges feutres, quelques
calicots égarés, et des femmes, pour la plupart jolies
coiffées à la Botticelli, écoutent le patron du cabaret,
— un « poète naturien », c'est-à-dire dont le chef est
couvert d'une casquette poilue, le corps habillé d'un
pantalon de velours et d'un gilet de chasse, les pieds
chaussés de gros sabots (il paraît que tel est l'uniforme
des « naturiens »). — C'est le patron, disons-nous,
qui chante d'assez beaux vers en s'accompagnant
sur une guitare antédiluvienne.

Parmi les artistes montmartrois de cette époque,
« les assassins » se trouvaient être un cabaret à la
mode.

Seules à une même table, trois femmes — de celles
que l'on appelle en empruntant à Willy un qualificatif très exact, « maîtresses d'Esthètes » — parais-

sent attendre, non sans nervosité, la venue de quelqu'un qui tarde à se montrer. Il est dix heures un
quart. Enfin !... Géraldo apparaît, et le patron
interrompt ses râclements de guitare...

Les figures impassibles des femmes s'éclairent
d'un sourire. On dit : « Ah !... voici Géraldo ».

Le fait est qu'on ne l'avait pas vu « Aux Assassins »
depuis l'enterrement de Juanita del Pilar.

Les cabarets plus artistiques des boulevards exté-
rieurs et les cafés où les jolies filles de plaisir se
donnent rendez-vous chaque soir, l'avaient retenu,
absorbé...

Quel succès ! Elles se l'arrachaient...

Songez donc ! un homme qui a tué à coups de
hache sa première maîtresse, et dont la dernière,
une beauté célèbre, s'est suicidée pour ses beaux
yeux.

Certaines rêvaient de lui, même dans les bras de
leurs amants de passage. Il n'était pas jusqu'aux
« radeuses » vulgaires du trottoir pour le désirer en
pensée. Après tout, il valait bien leurs Alphonses !

— Bonsoir fuitard ! dit le patron des naturiens en
tendant au peintre sa grosse patte velue.

— Bonsoir...

— Asseyez-vous donc à notre table, cher, dit Germaine Vil, une des trois créatures botticelliennes.

— Minute...

François distribua quelques poignées de mains à
de jeunes artistes admirateurs de son talent et aux

chansonniers attitrés du lieu. Chacun s'intéressait à lui, par flatterie tout au moins.

— On vous croyait malade.

— Nous étions inquiets.

— Quelques ennuis peut-être ?

— Non, mes chers, ça va bien.

Il s'assit à la table de Germaine et les chansonniers recommencèrent à dire leurs chansons ; *à dire*, car, n'allez pas croire, bénévole lecteur, que les chansons d'à présent sont faites pour être chantées. On les *dit*... Ténor, baryton, basse, soprano, de la blague ! On est diseur — ou diseuse. Cela doit faire plaisir à Mme Yvette Guilbert.

Mais quelqu'un troubla la fête.

Un poète aussi qui n'était pas Marsolleau mais qui s'en faisait la tête...

— Géraldo... nous dira quelque chose.

— Ah oui ! oui, Géraldo !...

— Pardon... voulut objecter le peintre.

On le pria tant et si bien qu'il dut s'exécuter.

— Que voulez vous que je dise ?

— La *Chanson de l'Errant*, demanda le prince des naturiens.

— *Richesse pour elle*, sollicita une des trois compagnes improvisées du peintre.

C'était une chanson de celui qui ressemblait à Marsolleau, par la tête, sinon par le talent ; il trouva l'idée excellente.

— Parfaitement... celle-là... oui, très bien.

— Géraldo nous dira l'une et l'autre chanson, observa le patron.

— Oh... oui... oui ! conclut Germaine d'un air pâmé, en buvant des yeux le héros criminel.

François était un véritable *M'as-tu-vu*, quoique peintre ; il aimait à se montrer, à se faire admirer, à poser, et comme il *sentait* la poésie avec intensité, ses succès de fin diseur étaient connus. C'est pourquoi on le priait...

Avec des mines de ténor qui fait des effets de torse tout en ayant l'air de rester naturel, langoureux et dégoûté, le peintre s'appuya contre la table, et dans une pose abandonnée, d'une voix d'abord traînante et passionnée, puis enveloppante et vive, il commença :

RICHESSE POUR ELLE

Je presserai ton cœur contre mon cœur ardent ;
J'embrasserai toujours ta blonde chevelure
Et, sur ta lèvre en feu, mon long baiser brûlant
Se posera toujours avec un long murmure.

Pendant les nuits d'amour, les nuits de folle ivresse,
Je saurai te donner, pour calmer tes désirs,
De suprêmes baisers, ô ma belle maîtresse
Qui te feront sentir les suprêmes plaisirs !

Car, je suis riche encor d'ardeur et de jeunesse
Et j'ai, pour acheter ta grâce et ta beauté,
Des trésors que je puis renouveler sans cesse :
Des trésors de tendresse et de virilité !

Des applaudissements retentirent, des bravos, des sourires et des clins d'yeux à l'adresse des femmes soulignèrent l'allusion prometteuse du dernier vers.

Germaine et Julia Rino qui étaient blondes — ou teintes en blond tout au moins — purent s'imaginer que François les distinguait, et leur troisième camarade Pascaline Sévère, qui était brune, s'en trouva toute déçue.

Les autres femmes, à côté de leurs amants passés ou futurs, en divers points de la salle, laissaient de leurs yeux fluer les désirs vers « le mâle » admiré.

— Une autre ! cria-t-on.

— Oui, encore, encore... clamèrent les femmes.

— Dites nous *La Chanson de l'Errant*.

Géraldo se fit prier un peu, puis se releva.

— J'aimerais mieux *Désirs*, observa Pascaline Sévère.

— *Désirs*; c'est en effet très remarquable. Mais vous nous direz cela vous-même, tout à l'heure ; vous dites si bien !

François manifestait ainsi une sorte de préférence pour la brune ; dans la salle d'autres femmes furent jalouses, et l'une d'elles, près de la cheminée jugea, presque à haute voix :

— Quelle poseuse !

Pascaline lui lança un coup d'œil si acéré qu'elle en eût peur et se tut.

— Je vais donc vous dire :

« LA CHANSON DE L'ERRANT »

reprit Géraldo.

Et il déclama sur un mode lent, triste, monocorde,
lamentable :

Un soir, fatigué de la vie
Banale, assoiffé de Nouveau,
Je partis avec ma Mie.
Nous suivîmes le bord de l'eau.

Nous passions les nuits à l'auberge
Dans de grands lits sentant le foin ;
Elle avait des pudeurs de vierge
En se dégrafant dans un coin.

Ses baisers, serments et caresses
Evoquaient en moi le passé ;
— Mon passé lointain de prouesses, —
Et j'espérais…, quoique lassé.

Je la vois encore à l'auberge,
Dormir doucement dans mes bras ;
Ses seins durs dont la pointe émerge
Doucement soulèvent les draps.

Un matin, pourtant, à l'aurore,
Malgré mes pleurs, elle s'enfuit.
Un autre amour venait d'éclore
Dans son pauvre cœur plein de nuit.

Nous passions les nuits à l'auberge
Dans de grands lits sentant le foin,
Elle partit, longeant la berge.
— Que ce passé me semble loin ! —

Tristement je repris ma course,
Heurtant les cailloux du chemin,
Ayant le diable dans ma bourse,
Mais, je ne tendis pas la main.

Chaque nuit, auprès des auberges
Je m'endormais dans quelque coin,
Et je rêvais de filles vierges
Que je voyais au loin... au loin.

Je trouve bien longue la route
Au bout de laquelle est mon but.
Demain, j'arriverai sans doute,
Mais à l'état de vieux rebut.

Alors, doucement, sur la berge
Ou sous un pont j'irai dormir.
Et si le fleuve me submerge
Tant mieux... Il faut bien en finir !

— Il est très difficile d'accompagner sur la guitare, observa le naturien, qui avait agrémenté de
fausses notes les vers dits par Géraldo.

On fit un « ban » au diseur ; puis la soirée se continua par l'audition de divers et plus ou moins célèbres chansonniers montmartrois.

Pascaline Sévère fit entrevoir au public ses *Désirs*
de névrosée ; ses rêves, de fille malade, « amoureuse des poissons dorés de l'Océan ».

Sans la connaissance que presque tous les spectateurs avaient de sa froideur à l'égard du sexe fort,
— sauf pour Géraldo, — ils eussent pu croire qu'elle

exhalait la plainte d'une sirène de boulevard, en mal de souteneur.

Enfin, vers minuit, Germaine ayant demandé crânement à François : — Voulez-vous nous emmener à l'abbaye de Thélème, ou à la Nouvelle Athènes ? il répondit par une acceptation tout aussi catégorique.

Riche, il pouvait dépenser largement ; noctambule endurci il ne craignait pas l'insomnie, et il aimait à se faire escorter comme don Juan, par de jolies filles.

Satisfaite, Germaine encore demanda de sa voix claire et douce, avec un appel au plaisir, de ses lèvres charnues, rouges et goulues.

— Et après ?

— Après ?

— Oui, que feras-tu ?

— Ce que vous voudrez.

— Alors tu viendras avec nous.

Elles habitaient toutes les trois dans la même maison. Un baiser de chacune sur sa moustache conquérante le remercia de sa promesse ; elles n'étaient plus jalouses. Beautés de sérail, elles comprenaient le pacha.

Les spectateurs riaient ; quelques-uns firent des lazzis ; Géraldo serra quelques mains familières ; ils descendirent tous les quatre l'escalier, et le patron de l'établissement qui, en sa qualité de naturien, appréciait chaque chose dans la nature, leur cria : « Bonne nuit ! »

IV

Les cafés de Montmartre ressemblent aux autres cafés, et pourtant aux yeux d'un observateur ils se distinguent par une allure spéciale. Quelque chose, un je ne sais quoi, un rien — mais un rien qui sépare — les différencie.

Flanqué de son trio de compagnes, Géraldo pénétra dans l'*Abbaye de Thélème* — ainsi nommée pour faire croire que son fondateur avait lu Rabelais. — Là aussi, comme partout ailleurs, en ces lieux de plaisir, il était connu, et nombreux furent les camarades qui vinrent lui serrer la main.

— Je mangerais bien des écrevisses, dit Pascaline.

— Moi une choucroute, demanda Germaine.

— Et moi une soupe à l'oignon, fit Julia qui ne parlait pas souvent mais qui parlait bien.

Un garçon de salle obséquieux et goguenard à la fois attendait les ordres du client.

— Servez à ces dames ce qu'elles demandent.

— Et pour vous Monsieur ?

— Sandwich et bock.

— Que buvez-vous Mesdames ?

— Bordeaux.

— Bourgogne.

— Eau de Vichy.

Leurs goûts n'indiquaient peut-être pas des tempéraments différents, seulement elles se croyaient obligées, dans le choix de leurs boissons à un éclectisme de simili bon ton.

Songez donc, Mlle Julia Rino arrosait sa soupe à l'oignon avec de l'eau de Vichy !

— Célestins, Grande Grille, Hôpital... ?

— Ce que vous voudrez, mais pas d'Hôpital.

Parbleu ! l'hôpital apparaît à certaines femmes comme un horrible cauchemar !

D'une estrade, près de la caisse où trônait une matrone plantureuse, un orchestre de tziganes plus ou moins authentiques déversait des torrents d'harmonie sur les buveurs, sur les soupeurs et même sur les garçons qu'ils assommaient.

Ils tenaient leurs instruments, ces tziganes, avec des grâces de valseurs, des flexions de reins de gymnastes, des effets de torse, de cuisses et de mollets à rendre jaloux les grands premiers rôles de province.

Peut-être quelque princesse égarée dans la cohue des fêtards, cherchait-elle son Rigo ? Peut-être allaient-ils être enlevés à la sortie, par des américaines excentriques et millionnaires ?

Depuis l'aventure de Rigo, voyez-vous, ces tziganes, ne marchent plus, ils volent; ne regardent plus, ils laissent tomber des regards ; ne se croient plus, artistes, ils se croient dieux ; ne jouent plus du violon, ils en râclent !

Les flots de mélodie déchaînés par l'orchestre de *L'Abbaye* grisaient pourtant un peu les habituées de l'établissement.

Dans la grande salle, — car il y en a plusieurs, et même d'autres que tout le monde ne connaît pas, — circulaient, allaient, venaient, s'attablaient, s'en retournaient avec la plus parfaite liberté d'action et de mouvements, les clients habituels, ou les passagers.

Tout ce que Paris reçoit d'étrangers riches et de provinciaux échappés, ne saurait se dispenser de visiter les lieux où l'on s'amuse et en particulier les établissements de plaisir Montmartrois.

Montmartre est devenu le faubourg joyeux et lubrique, le Suburre de la Capitale, comme la capitale elle-même est devenue le Suburre de la France et de tout l'Univers civilisé.

Les Européens et les Américains le savent bien. Si notre pays est grand à leurs yeux c'est surtout parce qu'il est le plus vaste music-hall de l'Univers. Ils disent « les joyeux Français », Paris, la plus « belle capitale du monde » et en même temps qu'ils disent cela leurs yeux brillent de désir et de lubricité.

Pour nous c'est là une gloire comme une autre, qu'il ne servirait à rien de vouloir cacher. Tant vaut-il après tout celle-là que celle que nous reconnaîtront les siècles futurs... Dans mille ou quinze cents ans, on nous jugera ainsi, par clémence : « Les Français furent un peuple de couturiers »

Géraldo pensait lui que tous les hommes sont méprisables. Son jugement se pouvait targuer du mérite d'être universel et perpétuel.

Après le souper, une coupe de champagne et le café, Pascaline impatiente questionna.

— Que faisons-nous ?

— Déjà deux heures du matin, observa Germaine.

— Qu'est-ce que cela prouve ?

— Je suis d'avis, émit Julia, de quitter ce quartier.

— Pour aller où ?

— Aux Halles.

— Oh !... s'écrièrent ses camarades.

— Que trouvez-vous d'extraordinaire à ma proposition.

— Rien, avouèrent-elles.

Et Germaine déclara :

— Je préférerais les grands boulevards.

— Qu'importe... dit François.

Montmartre, les Halles, les Grands Boulevards ; la fête est partout. Seul le public diffère ; les boulevards ont leurs princes et leurs rastas ; leurs bonnetiers enrichis et leurs escrocs célèbres ; aux Halles, il y a les calicots, les souteneurs, les apaches et les filles de sang.

Partout où nous irons, ce sera toujours Suburre.

Ils sortirent de l'abbaye ; l'air frais de la nuit qui les fouettait au visage leur faisait du bien.

Malgré l'heure tardive ou matinale, le quartier vivait, remuait, s'agitait. La Butte aux jouissances brillait dans la nuit.

Au loin, les ailes du Moulin-Rouge ressemblaient à des potences, auxquelles pendaient les folies et les rêves.

Des gens bien vêtus, enfoncés dans leur pardessus, portant sur l'oreille le chapeau de soie luisant, et des femmes élégantes, jeunes, circulaient par bandes ou par groupes, avec des éclats de rire, des paroles grossières qui éclataient dans la nuit.

Ils allaient au Rat-Mort, à la nouvelle Athènes, au café de la Place Blanche de droite à gauche, de gauche à droite ; et dans les coins obscurs, des grelotteux tendaient la main aux couples enlacés. Tous les établissements joyeux où se rendaient les fêtards figuraient des temples antiques. On devinait que s'y célébraient les préliminaires de tous les cultes ou de toutes les débauches.

Le beau temps d'Héliogabale et de Tibère était revenu.

Pourtant, dans l'intelligence vive du peintre, des étincelles jaillissaient parfois et il s'élevait alors jusqu'au raisonnement philosophique, teinté du plus amer pessimisme.

« Ces gens qui joyeusement gaspillent leur jeunesse,

leur santé, leurs ressources dans *la fête* et que la ruine guette où l'hospice, sont-ils coupables de jouir, et méprisables ?

— Non ! — Cependant, il y a de la misère autour d'eux, l'éternelle et immense misère, et ils ne la soulagent point ! —

— Leur excuse est qu'ils ne la voient pas ; ils passent dans la vie, sans rien voir, sans rien entendre ; en aveugles et en sourds. Ils sont la masse, la multitude et ils se confondent dans l'amas des puissants et des faibles, des opulents et des misérables, et ils passent avec une vitesse effroyable, les uns s'en allant pour ne revenir jamais, les autres arrivant et disparaissant presque aussitôt, comme dans l'infini les planètes voyagent sans fin, sans arrêt, éternellement.

Qu'importe l'homme, une molécule du monde, le grain de sable, le rien ?

Qu'importe sa souffrance, sa misère, son existence ou sa mort ? — Et à quoi bon penser, agir, pleurer, puisque le néant est là, là, tout près, tout de suite ?..

Mais il est bon, quand même de penser, d'agir, de pleurer...

Pourquoi ceci, pourquoi cela ? Que faire ? Comment se peut-il ? — A quoi bon ? — Des mots ! La vie est plus forte que nous ; elle nous viole, nous la subissons ; le mieux est de vivre et de jouir !

Et c'était la nuit, la nuit avec pourtant des étoiles filantes dans le cerveau de François Géraldo.

— Brr ! fit-il en relevant son col ; mes petites chattes, vous allez vous enrhumer.

— Rentrons, dis ? implora Pascaline sévère.

— Non, non, pas encore, il n'est pas tard, opposèrent Germaine et Julia. Et entraîné par leur fringale de bruit, de mouvement, de foule et de plaisir factice, le peintre se laissa conduire aux Halles.

Jusqu'au petit jour ce fut la noce dégradante et basse, en des milieux abjects, et quand vers six heures il se coucha, dans la même chambre que ses compagnes, il exhala cette plainte, cet aveu :

— Ouf ! quelle lassitude !

Philippe Champaix lui, s'était réveillé de très bonne heure, et au moment où son ami s'endormait avec des haut-le-cœur et du brouillard plein la tête, il se trouvait devant la basilique du Sacré-Cœur. Il avait accoutumé de venir là, de temps à autre, dès l'aube, admirer *son* Paris.

Car le sculpteur ne voyait pas la Ville comme la voyait Géraldo.

Pour lui c'était la Cité Souveraine, le creuset dans lequel fondent toutes les gloires, toutes les grandeurs et toutes les vertus.

Le mélange comporte ses scories ; mais le feu les élimine.

Le travail magnifie même le mal, et Paris est par excellence la ville du labeur.

Sur l'agglomération immense des constructions, planait une brume pas trop épaisse ; des bruits naissaient au loin ; l'immense rumeur de la ville en gésine commençait à s'élever.

Champaix redescendit, avec dans le cœur un courage nouveau. C'était sa cure morale, cette ascension mensuelle au sommet de la Butte pour assister au réveil de Paris, et il en remportait toujours une ardeur nouvelle, une nouvelle provision d'énergie.

Au bas de la rue Lamarck, il acheta les journaux du matin.

Philippe aimait à lire les faits-divers, non pour les savourer à la manière des concierges, mais parce que pour lui cela constituait le *roman de chaque jour*, comédie, vaudeville, drame et tragédie, et parce que les faits-divers sont les informations importantes de la vie sociale. *Faits-Divers* ; mots à l'allure légère, sans importance presque. *Faits-Divers* ; mesquines banalités qui ne méritent ni les honneurs du filet, ni ceux des échos, de la chronique ou de la tribune. Ce sont, cependant, les pages émouvantes de la grande tragédie que les hommes jouent à chaque heure de l'existence sur les planches du Théâtre de la Société, la pièce superbe signée par ces deux grands auteurs : Le Temps et la Mort !

Et voici ce que lut Champaix :

« Deux vieillards viennent de se tuer.

« Le premier, J. G., demeurait rue C. et était âgé « de soixante trois ans. Renvoyé de la maison où il « travaillait depuis vingt-cinq ans, en qualité de « journalier ; il s'est vu sans ressource et s'est jeté

« dans la mort par peur de la vie. Un réchaud de
« charbon de bois avait anéanti chez ce vieillard le
« dernier souffle.

« Le second, un septuagénaire, habitait rue M. et
« se nommait T. Par misère et désespoir il s'est em-
« poisonné avec du cyanure de potassium. »

Deux morts de détresse en dix lignes !...

Puis il lut un autre drame, plus sombre encore :

« Hier, une femme abandonnée par son mari s'est
« suicidée avec son enfant.

« Les époux B***, cartonniers, habitaient depuis
« un an au numéro 16, rue S. G. Ils avaient un enfant
« âgé de quatre ans.

« Le ménage n'était pas uni, et souvent les voisins
« durent intervenir pour mettre fin à des scènes vio-
« lentes.

« Il y a huit jours, B*** abandonna sa femme et son
« enfant. Mme B*** restait sans argent et sans travail.
« Elle se trouva bientôt plongée dans une misère
« profonde. Jeudi dernier, rencontrant, une de ses
« amies, Mme D*** elle lui dit : — Je n'ai plus un
« sou chez moi ; si je ne trouve pas d'ouvrage, je me
« verrai forcée de me suicider, car je ne veux pas
« mendier. L'amie lui donna quelques sous.

« Hier matin, Mme D*** se rendit rue S. G. pour
« prendre des nouvelles de Mme B***. Elle frappa à
« la porte. Ne recevant pas de réponse, elle fut prise
« d'inquiétude et prévint, le concierge. Celui-ci

« monta et enfonça la porte. Il trouva Mme B***
« morte sur son lit.
« Près d'elle était étendu l'enfant qui ne donnait
« plus signe de vie.
« Au milieu de la chambre, deux réchauds éteints
« symbolisaient l'horreur de la mort.
« Sur une petite table, le commissaire de police
« prévenu, trouva une lettre datée de la veille, sept
« heures du soir, et ainsi conçue :
« Je suis abandonnée par mon mari, et je me trouve
« dans une misère profonde. Je ne peux supporter
« plus longtemps la faim, et je ne veux plus entendre
« mon fils me demander du pain. Nous n'avons pas
« mangé depuis quarante-huit heures.
« Je quitte la vie avec mon fils, parce que je ne
« veux pas qu'il souffre encore de la faim dans le
« courant de son existence.
« Je n'ai jamais fait de mal à personne, et je de-
« mande pardon à Dieu et aux hommes de ma déter-
« mination. »

M. A. B.***

Ces trois seulement pris au hasard dans les mille
faits divers de chaque jour... C'était assez !
Philippe Champaix, quelque peu assombri par cette
lecture regagnait son atelier, quand au carrefour de
la place Clichy il entendit jaillir des cris d'épouvante.
Un cheval de laitier venait de s'emballer ; le cocher
avait été projeté en bas de son siège et gisait ina-

nimé sur les pavés ; un ouvrier en côte de travail n'écoutant que son courage se jeta à la tête du cheval au moment où celui-ci passait auprès de lui, et après avoir été traîné sur un parcours d'au moins cent mètres et assez fortement contusionné, il parvint à maîtriser l'animal.

Ainsi le dévouement, le courage, la bonté, voisinaient avec le vice, le désespoir, la lâcheté, le mal.

La foi en un avenir d'amour se justifiait. Certes, Champaix bien que plutôt optimiste n'ignorait rien de la vie parisienne ; il en connaissait les cloaques et les vertes prairies, et dans son cœur aimant de fiancé simple et joyeux il ne doutait pas de l'amélioration inéluctable des Sociétés et des êtres. Il savait que ce pessimiste de Géraldo n'appelait Paris que Suburre ; mais il voyait un Suburre régénéré, magnifié par l'art, la vérité, la beauté ! « Si les hommes qui pensent et agissent comme Géraldo, constituent la lie de l'humanité, le rebut des peuples, l'équivalent des Juifs du Janicule, une heure viendra pour leur Rédemption...

De l'infâme Suburre, du creuset douloureux et superbe qu'est Paris, et dont la vie se sert pour jeter des idées sur le monde, comme autrefois des ergastules, des carrières, des prisons, sortira la religion nouvelle du Labeur. Quelque Constantin la célébrera dans la pourpre, et debout sur la Ville elle dictera sa

volonté aux peuples et se fera encenser par les Rois
et les Empereurs...

Le sculpteur arrivait à la porte de sa maison.

— Allons, allons, assez rêvé aujourd'hui. Et il
gravit en hâte ses quatre étages pour se remettre à la
saine besogne.

V

Géraldo à son réveil se retrouva seul ; son harem s'était dispersé.

Après une violente scène entre Germaine et Pascaline, — scène de jalousie qui eut lieu dans une pièce voisine et dont il n'entendit pas les éclats, — Julia était partie la première, parce qu'elle était en cause. Les deux camarades n'ayant pu obtenir les caresses du peintre, trop las pour les satisfaire, s'étaient rabattues sur celles de Rino dont elles connaissaient les vices et les talents. Mais comme elles étaient deux et même trois, elles n'avaient pu s'entendre. Alors, désireuses de prendre le frais pour calmer leur colère, elles s'étaient éclipsées, chacune de son côté.

Disons que François avait passé la nuit ou plutôt la matinée, en revenant des Halles, dans l'appartement commun des deux blondes, Germaine et Julia ; Pascaline habitait dans la même maison, un autre appartement.

— Où êtes-vous, mes petites chattes ? avait-il

demandé à tous les échos, en ouvrant de grands
yeux et après avoir fouillé toutes les pièces, tous les
recoins et placards de l'appartement il avait fini par
s'écrier philosophiquement dans une cabriole.

— Zut ! après tout. Si vous êtes au diable, comme
il serait juste, restez-y.

Sans plus se soucier d'une aussi intempestive soli-
tude, il procéda à ses ablutions en toute liberté, ainsi
qu'il l'eût fait à son propre domicile.

Un commencement de migraine lui encerclait le
front. Une fois habillé, il descendit et entra chez un
coiffeur. On lui rafraîchit les cheveux et la barbe ;
puis une bonne friction à l'eau de Cologne dissipa
son mal de tête.

— Me voici prêt à recommencer...

Mais c'est bête quand même... dormir ainsi près de
trois jolies filles sans leur rien demander... Bast !...
je n'ai rien à apprendre ni à éprouver d'elles... Ce
genre de femmes ne m'intéresse décidément plus...
Autre chose il me faudrait. Du neuf, du piquant, du
vert, du vinaigre...

Une immense affiche rouge fraîchement collée au
mur d'une vieille maison, attira son attention ; elle
commençait par ces mots en lettres énormes :

« VIEUX SATYRE ! »

C'était une annonce pour un nouveau cirage. Il
sourit.

Où aller ? Quelle heure est-ce ? Midi moins un

quart. Depuis longtemps, je n'ai pas déjeuné au boulevard.

Souper oui ; déjeuner c'est trop raisonnable. — Tant
pis, soyons raisonnable, pour une fois.

Aux « Grands Ducs » il entra.

— Tiens ! Géraldo !… s'exclama joyeusement un
client qui grignotait des hors-d'œuvre sur une petite
table…

— Méréville !… Quelle bonne surprise…

— Quel heureux hasard !…

Les deux hommes se serrèrent la main avec chaleur ; bien qu'assez liés depuis longtemps, ils ne se
voyaient que rarement.

Méréville, un jeune avocat très arriviste, vivait
dans un milieu bien différent de Géraldo, et la société
qu'il fréquentait n'était pas du tout la même que celle
où évoluait le peintre.

Des politiciens, des journalistes et des fonctionnai-
res, François se souciait comme d'une pomme un
poisson, tandis que Méréville au contraire les prisait
fort et tâchait de s'en servir « au mieux de ses inté-
rêts » en langage d'affaires.

— Je dois défendre, mon cher, une cause sensation-
nelle, épatante, miroitante, demain ; ce n'est qu'en
correctionnelle, mais il y aura foule. C'est salé ! et cependant, je compte que le huis-clos ne sera pas demandé ; si tu n'as rien de mieux à faire, viens voir cela.

— J'en ai l'eau à la bouche. De quoi s'agit-il, exac-
tement ?

— D'une affaire de mœurs, bien entendu.

— Je m'en doute.

— C'est clair... Une proxénète, mon cher, tout ce qu'il y a de fameux, de réussi, de distingué, de complet, et qui travaillait dans le tendre.

— Délicieux.

— Je ne t'en dis pas plus long, pour te laisser le charme de la surprise... Et puis le secret professionnel... tu sais...

— En effet...

— Donc, je compte sur toi.

Après déjeuner, ils prirent ensemble le café à la terrasse d'une brasserie en vogue, puis Méréville quitta le peintre, en lui faisant promettre de ne pas manquer à « sa grande première » du lendemain.

— Tu penses bien que je ne saurais laisser passer occasion aussi alléchante.

— Entendu donc.

— Entendu.

— Comme ils se séparaient, Géraldo fut arrêté par un rassemblement à l'angle de la rue de Richelieu et du boulevard. On riait, on se tordait. Une grande femme, solide et musclée, distribuait une râclée de première catégorie à un jeune épicier en longue blouse blanche.

— Ah ! voyou, disait-elle tout en cognant, propre à rien... cela t'apprendra à te moquer de moi et de mon « pochon » et de me dire : « T'en as un œil » quand je passe.

Tiens, pan, toi aussi t'en as un œil maintenant.

— Aïe ! aïe ! hurlait le gaillard.

Mais quelqu'un lui ayant crié :

— Bougre de lâche, tu te laisses battre par une femme », son amour propre ne fit qu'un tour, et il riposta en plein dans l'opulente poitrine de la lutteuse.

Heureusement, deux sergents de ville les séparèrent à temps et le poste de la rue Drouot n'était pas loin.

Le commissaire de police, dès qu'il sut que la femme avait reçu dans l'œil la veille au soir, un coup de poing de la part de son amant ; que l'épicier en la voyant sur le trottoir, devant le café Cardinal, s'était moqué d'elle et qu'elle l'avait tancé rudement, en lui mettant un œil au même beurre que le sien, l'invita à indemniser sa victime, sans toutefois insister sur la nature de l'indemnité.

De sorte que la commère, ayant compris, et préférant payer en nature qu'en espèces, cela finit le soir même par un mariage dans un hôtel borgne — aussi !

— de La Chapelle.

Si Géraldo fut le lendemain exact au Palais de Justice, pour assister aux débats de l'affaire de mœurs à la 9e chambre, où son ami Méréville devait occuper le banc de la défense, je vous le laisse à penser.

La salle était pleine, il s'agissait bien d'une grande première. La correctionnelle faisait la nique à la cour d'assises et les spectateurs en étaient triés sur le volet. Valait-elle tant de réclame en somme cette banale affaire de proxénétisme? Nous ne le croyons pas. Mais elle devait avoir sur la vie et sur l'avenir de Géraldo une grande influence.

C'est à la suite de cette audience qu'il connut Margot-Belles-Mirettes, un des témoins cités par la défense dans l'affaire de la proxénète. Ce fut Méréville qui la lui présenta.

Margot-Belles-Mirettes était une radeuse vulgaire dont Géraldo s'amouracha par désir de sensations nouvelles, bizarres, audacieuses, et à cause du charme de pourriture qui se dégageait d'elle.

Au Sébasto elle était célèbre; deux *costauds* s'étaient longtemps battus pour elle, et finalement à cause d'elle encore, l'un avait dû partir pour le cimetière d'Ivry et l'autre pour la Guyane.

François Géraldo l'avait trouvée à son goût et invitée à venir poser chez lui, ce qu'elle ne manqua pas de faire.

Mais, revenons à la 9e chambre.

Raconter par le menu l'affaire et les débats serait fastidieux; nous nous bornerons à les relater succinctement.

L'accusée, une femme de quarante ans environ, bien en chair, blonde, assez élégante et décorée des palmes académiques comme professeur de chant.

Le ruban violet faisait très bon effet sur son corsage noir.

La vindicte publique lui reprochait de s'être promenée nuitamment sur l'asphalte avec une fillette de douze ans — sa propre fille ! — et d'avoir, en sa faveur, aguiché les passants. Parmi les témoins figuraient deux agents de la police secrète, pour l'accusation, et Margot-Belles-Mirettes représentait le seul témoin cité par la défense. Voici comment elle s'exprima devant le tribunal, qui lui demandait de dire tout ce qu'elle savait :

« J'avais, pour une nuit, abandonné mon quart au Sébasto, et je revenais de voir une de mes parentes, qui est concierge du côté de la Madeleine, et que des monte-en-l'air avaient voulu assassiner la veille. J'étais seule. En passant devant l'Américain, le Riche, le Pousset, je regardais les chouettes michés qui dégustaient leurs petits verres à la terrasse, et je me disais que, sans mon amour pour les bonnes petites camarades du Sébasto, les aminches sûrs, peut-être me vaudrait-il mieux tâcher d'imiter les grenouilles de la haute ; je suis assez rupine pour ça... »

— Ne pourriez-vous employer un autre langage observa judicieusement le président.

— Ben quoi !... On parle comme on sait... Si on vous gêne en jaspinant, faut le dire, on bouclera.

— Continuez.

— Donc, j'en étais là quand je vis ces deux... messieurs... et elle désignait les agents en bourgeois présents à l'audience, s'approcher d'une femme qui marchait devant moi avec une petite fille et lui ordonner de les suivre...

Je ne savais pas de quoi il était question, mais ça

m'intéressait. On s'intéresse toujours, nous autres, aux choses de la police. Je m'approchai, et voyant que Madame protestait avec énergie et indignation contre cette arrestation arbitraire et que la gosse chialait, je pris fait et cause pour elle, là, carrément. « Comment, vous arrêtez les gens qui ne font aucun mal ? » — Vous, mêlez-vous de ce qui vous regarde. — Ce qui me regarde ! Eh bien, bougres... de...

— Passez, passez, interrompit le président.

— Bougres de vaches !... que je dis, et cela me fit même arrêter séance tenante et conduire au poste avec elle, puis comparaître devant vous-même, Monsieur le président, deux jours après. Si bien que j'en fus quitte pour un séjour de quatre semaines à l'ombre...

— Bon, c'est bon... Mais avez-vous vu si la femme avait aguiché des messieurs ?

— Pas le moins du monde.

— Vous êtes en contradiction avec de nombreux témoins.

Entre ses dents, Margot-Belles-Mirettes murmura le mot « casseroles » mais heureusement pour elle le magistrat ne l'entendit pas.

Le substitut qui occupait le siège du ministère public demanda le huis-clos pour une nouvelle audition des témoins à charge, des témoins *actifs*, comme il les appelait, et le tribunal fit droit à sa requête malgré les protestations faussement indignées de M⁰ Méréville.

Curieux de connaître l'issue du procès, et désireux d'admirer mieux la blondeur svelte et vicieuse de la fille de la proxénète, laissant à ses désirs dépravés la latitude de prendre corps dans sa pensée, et de grandir; retenu par le charme malsain de la gosse, mais aussi par celui de Belles-Mirettes dont Méréville lui avait parlé et qu'il devait lui présenter après l'audience, François attendit le jugement ou la fin des débats, en se promenant dans les corridors du palais et dans la salle des Pas-Perdus.

L'affaire n'eut pas tout le succès, ni le retentissement qu'en attendait Méréville, et il s'en montra sensiblement dépité.

Géraldo dut lui rappeler sa promesse de lui présenter Margot.

— Ah oui !

Margot-Belles-Mirettes n'avait pas manqué de passer à la caisse pour toucher l'indemnité allouée aux témoins, et c'est à sa sortie que les deux amis la rejoignirent.

— Vous, dit-elle à l'avocat, vous avez bien jaspiné... Si jamais il m'arrive quelque chose avec la rousse, je vous ferai signe.

Flatté dans son amour propre, l'avocat remercia gracieusement.

— Laissez-moi vous présenter mon ami, François Géraldo, un grand peintre qui ne demanderait pas mieux, sans nul doute, que d'avoir de temps à autre un modèle comme vous.

— Ah ! tu trouves que je suis bien construite? demanda-t-elle au peintre sensiblement interloqué, malgré sa coutumière assurance.

Cependant il répondit :

— Pas mal, si j'en juge d'après les apparences extérieures.

— Et comment me peindrais-tu ?

— Cela ne se demande pas. En costume de déesse, sortant du bain, évidemment.

— Ça m'amuserait ; quand tu voudras, tu sais, je suis à ta disposition, pourvu que tu y mettes le prix.

— Encore faut-il que tu y mettes le prix, souligna Méréville en riant.

— Pour toi, mon petit, ce pourrait être à l'œil.

— Et tu voudrais faire payer ce beau garçon-là ?

— Peuh !... J'en connais de plus *bath* que lui dans la Rue aux Ours, et qui ne craignent ni la vue du raisiné, ni le coup de lingue...

— Les apaches?..

— Apaches, si tu veux.

— Eh bien, ma belle, tu ignores encore à qui tu as affaire.

Ce beau garçon-là, que tu vois, avec son air doux, en a déjà tué une...

Et il a connu le bagne...

— Qué blague !

— Ce n'est pas une blague, c'est la vérité... Et qui mieux est, il est la cause du suicide de Juanita del Pilar dont tu as entendu parler...

— De la belle Juanita del Pilar des Folles ? Celle qui s'est tuée pour un peintre ?

— Oui.

— Quoi, dit-elle en s'adressant à Géraldo, tu étais son amant ?

Mais ces souvenirs remués par ce sans-scrupules de Méréville, gênaient évidemment François. Il ne répondit à l'interrogation de Margot que par un signe de tête affirmatif.

— Tu m'intéresses, déclara-t-elle alors, et si tu le veux, si ma tenue ne te choques pas trop, on boulottera ensemble ce soir... Avec le jaspineur... Tu en es toi, l'avocat ?..

— Parbleu...

Méréville ne savait rien refuser de semblable ; c'était aussi un curieux et un jouisseur ; mais plus curieux que vicieux, plus inconscient que malhonnête.

Tout en causant ainsi dans le couloir désert du Palais, Géraldo admirait en connaisseur la beauté violente de Margot-Belles-Mirettes, cette *Casque d'Or* plus nouvelle que la célèbre Casque d'Or, oubliée déjà.

Une épaisse chevelure teinte en roux vénitien, et qui lui donnait le type d'un modèle de Henner ; le front haut, des yeux splendides, noirs, profonds, brillants et inviteurs, d'où lui venait d'ailleurs son surnom de Margot-Belles-Mirettes ; un nez aux narines frémissantes, des oreilles fines, une bouche charnue, goulue, avec des lèvres bien rouges, qui s'entr'ouvraient juste assez pour montrer une dentition parfaite, des joues pleines, et un menton à fossettes. Voici pour la figure. Le corps s'harmonisait avec le visage.

De taille un peu au-dessus de la moyenne, avec un cou très blanc, une gorge arrondie, les épaules larges, des hanches prometteuses qui, lorsque Margot marchait, saillaient en un mouvement lascif et provocant, un mollet de danseuse, une cheville et des pieds que n'eût pas su renier une espagnole racée, fût-elle « andalouse et comtesse. » Et sur toutes ces perfections plastiques, une démarche, une allure canailles, quelque chose d'enivrant, d'excitant comme l'alcool et le poivre, jetaient le charme du vice.

— Pour que des femmes comme Juanita se soient tuées pour ta figure, il faut vraiment que tu sois un type épatant. Vrai, tu en as lingué une ?

— Oui, mais ne parlons plus de cela.

— Tu me raconteras, dis...

— Nous verrons.

— Je te gobe. Embrasse-moi, tiens.

Il hésitait, elle le saisit par le cou, ses lèvres goulues se posèrent sur les lèvres de Géraldo, qui tressaillit sous ce baiser aussi violent qu'une morsure, jusqu'au tréfonds de son être.

— Je te gobe ; tu es un mâle !

De son baiser, un goût acide restait aux lèvres du peintre. Il avait senti une haleine chaude le frapper

au visage, et il crut que cette haleine sentait à la fois
l'alcool, l'odeur âcre du sang, la violette et la pourriture des charognes qui flottent, le ventre en l'air,
sur les eaux de certains fleuves asiatiques.

Un vertige le fit vasciller, et c'est avec l'intonation
d'un malade qu'il prononça à demi-voix contre
l'oreille de la fille :

— Margot... je te voudrais mienne...

Ses grands yeux se fixèrent sur les yeux de François, qu'elle sentait palpiter de désir, et d'un accent
qu'elle s'efforçait de rendre doux et moins crapuleux
elle répondit :

— Quand tu voudras.

Méréville les laissant à leur expansion, avait tourné
le dos et il regardait le fond du corridor. Un uniforme
de garde républicain apparut, il se retourna brusquement et :

— Eh bien ! vous venez ?... Voici la nuit arrivée.
L'heure du dîner approche. J'ai une faim de loup. Où
nous emmènes-tu dîner, cher grand artiste ?

— Où vous voudrez...

— Dites, si cela ne vous fait rien, nous irons simplement, pour ce soir, chez le mannezingue. Un autre
jour, lorsque je serai dans un costume plus élégant,
nous fréquenterons les boîtes distinguées.

Ils firent ce que conseillait Margot, et vers minuit
le peintre emmena chez lui son modèle.

Géraldo retrouva tous ses moyens ; leur nuit fut
une nuit de fièvre, de folie luxurieuse, et au matin

quand ils se réveillèrent, il faisait depuis longtemps grand jour.

Ce fut avant le lever un recommencement de leurs violentes caresses ; puis ils causèrent, et comme François demandait à sa nouvelle maîtresse :

— Que vont penser tes camarades, d'une aussi longue absence ? elle répondit brutalement.

— Je m'en f...

Quant à Coco, je le plaque.

— Qui ça Coco ?

— Mon homme, tiens.

VI

A partir du jour où Margot Belles-Mirettes devint sa maîtresse, on ne rencontra plus le peintre Géraldo dans les établissements à la mode, ni dans les cabarets artistiques, ni aux Assassins, ni dans les restaurants de nuit.

— Parmi vous, demandait le poète naturien qui vendait au sommet de la Butte, sur le derrière du Sacré-Cœur, avec des vers plus ou moins justes, de la musique de maboul, et des alcools sophistiqués, parmi vous, quelqu'un pourrait-il nous dire ce que devient le beau Géraldo?

— C'est un mufle! s'écria Germaine.

— Pour ceci, ma fille, nous ne te contredirons pas; mais ce n'est qu'un renseignement inutile.

— Une princesse de légende l'a peut-être enlevé, hasarda Julia.

— Ou une grue de bas étage, rectifia Pascaline Sévère dont la rancune grandissait, bien qu'elle se fut réconciliée avec ses deux blondes amies.

— Je crois plutôt qu'il a changé d'eaux, dit un peintre, jaloux des succès de son confrère.

— Oooh !… Tu es rosse.

— Je suis juste.

— Que nous importe, au fait, reprit Pascaline, il peut aller au diable.

— Parions qu'il s'y trouve déjà, dit le patron.

— À moins qu'il ne soit à Fresnes, lança encore le peintre jaloux.

Mais personne ne put fournir un renseignement précis. Seul, un chansonnier qui connaissait le peintre, et qui souvent rôdait la nuit dans les restaurants les plus mal famés des Halles, par dilettantisme et pour se faire remarquer, prétendit l'avoir aperçu la semaine précédente au *Chevalier de Saint-Georges*, rue de Rambuteau, à trois heures du matin en compagnie d'une bande d'apaches et de leurs « femelles ».

On ne le crut pas.

De son côté, Coco parcourait Paris comme une bête en furie, à la recherche de « sa femme ». Il allait du Sébasto à Belleville, de Belleville à La Villette, puis à Charonne, fouillant tous les bouges, interrogeant ses poteaux.

Personne ne savait ce qu'était devenue Belles-Mirettes ; nul ne connaissait sa retraite.

— On te l'a tuée.

— Non. Je le saurais ; je le sentirais.

— On te l'a volée.

— Possible, mais qui, qui donc ? Où est-il celui-là, ce courageux, ce fier à bras ?…

Et dans sa poche, Coco, serrait violemment le manche en corne de son eustache tout grand ouvert.

— Si c'était un type de la haute?

— Ça n'oserait pas... Aussi, je connais la môme... Un type de la haute, elle n'en voudrait pas.

— Alors c'est un poteau.

— Malheur !...

— A bien y penser, la chose n'est guère possible pourtant, tu le saurais...

— Comment?

— Par ma daronne.

— Alors quoi?... quoi alors?

— Depuis quand s'est-elle caltée?

— Je ne l'ai plus vue depuis le jour où elle était témoin à la neuvième, dans cette affaire... de la gosse en jupes courtes... vous savez.

— Fallait donc le dire... Elle est coffrée.

— Non; je me suis renseigné.

— Vous êtes pas marioles... Elle couche avec le juge, N. de D. !

Un grand éclat de rire accueillit cette boutade. Coco regarda fixement dans les yeux l'audacieux qui se permettait cette plaisanterie, mais comme c'était un poteau sûr et solide, pas froussard pour un sou, il se contint;... et soudain revenant sur les derniers mots...

— Avec le juge, dis-tu? Alors on rirait... Vous pourriez venir un matin devant la Roquette voir

comment la tête à Coco fait le saut dans le panier à son!

Cette menace était accompagnée d'une mimique si terrible que les habitués du *Caveau de l'Enfer* où avait eu lieu cette conversation édifiante, préférèrent changer de sujet.

La conclusion fut fournie par Nini-la-Moche, qui en avait pour Coco.

— N'empêche que c'est lâche de la part de Margot.

— Toi, la Moche... faudra y mettre une sourdine... et t'occuper de ce qui te regarde.

Coco n'était pas galant pour tout le monde.

Nous avons vu que la réalité, ainsi que toujours se trouvait beaucoup plus simple.

Margot Belles-Mirettes filait le parfait amour avec le peintre François Géraldo.

A présent, on ne pouvait plus la reconnaître ; l'élégance de ses toilettes, ses efforts pour observer un maintien convenable et pour parler un langage plus châtié, en faisaient une autre femme.

Il arrivait pourtant au peintre de regretter l'ancienne ; la Margot du Sébasto qui l'avait embrassé à pleines lèvres un soir, dans un couloir obscur du Palais de Justice ; la Margot en cheveux. De son côté il advenait que Belles-Mirettes à présent dénommée Marguerite Lucière, ou encore Marguerite Géraldo, s'oubliait jusqu'à reprendre son argot pittoresque d'autrefois. Pour la moindre contrariété, la plus petite discussion avec son amant, elle déballait son ancien vocabulaire et le lui jetait à la tête en flots orduriers. Elle menaçait de s'en aller, de rejoindre Coco, de s'en retourner, comme le chien de l'Ecclésiaste, à son vomissement. Géraldo s'était pris à son propre piège. Cette femme le tenait par les sens. Lui qui passait en vainqueur au milieu des belles filles implorant sa carresse, il en arrivait à être jaloux d'un regard de l'ancienne radeuse, pour un de ses amis venu en visite dans son atelier, pour Philippe Champaix lui-même qui pourtant n'avait fait que passer, cinq minutes, un dimanche matin, et n'était plus revenu.

Géraldo essaya de se remettre au travail et, avec Margot pour modèle, une grande toile fut commencée.

— J'en ferai une œuvre ! Une œuvre cette fois ! Quelque chose de tapé, d'empaumant, de violent et d'énorme. On gueulera... mais on sera épaté.

Son sujet : *La Vénus de Suburre*. Une femme nue, droite et sadique par l'ensemble de tout son être fait pour le spasme et le rut. Une femme avec des cheveux en feu, des yeux vert-brun, une gorge insolente ; en somme, une bête de plaisir violent.

L'œuvre n'avançait pas. L'indocilité du modèle et la fièvre de l'artiste s'opposaient à une réalisation méthodique.

Il leur arrivait de quitter le travail, pour se rouler, enlacés, comme des bêtes fauves, sur les tapis, les coussins ou les divans de l'atelier ; ou bien de

s'habiller en toute hâte pour sortir, en voiture,
pour prendre un train et s'en aller dans les bois de la
grande banlieue parisienne, braver, sur les mousses
accueillantes, le procès-verbal du garde champêtre
et la correctionnelle.

Reprise par ses goûts, Margot, vainement avait
essayé, d'entraîner son amant à goûter le cervelas
du bonheur et le « pive » à douze ronds le litre, sur
l'herbe galeuse des fortifs.

Les fortifs ne disaient rien à Géraldo ; aucun rem-
part militaire ne savait exciter sa concupiscence,
tandis que Belles-Mirettes rêvait, à temps perdu, de
réminiscences faubouriennes ; elle aimait les bastions
qui entourent Paris.

Au bout d'un mois, la fleur de bitume que François
s'était efforcé d'acclimater en serre chaude, dépéris-
sait d'ennui.

— Je veux aller ce soir, revoir un peu les amies,
au boulevard, dit-elle.

Effrayé, il essaya de la raisonner ; de lui faire comprendre que sa situation nouvelle ne s'adaptait pas à
de pareilles fantaisies ; peine perdue ; et comme il
insistait, elle lui lança sa bottine à la tête, en accompagnant son geste noble du glorieux mot de Cam-
bronne.

Pour la première fois peut-être, depuis son retour
du bagne, l'ancien amant de Juanita del Pilar sentit
sa conscience se réveiller. Il entrevit, plutôt qu'il ne
vit en réalité, l'erreur de sa vie ; une lutte commença

en lui-même entre son cœur resté bon et son esprit faussé, vicié. Mais ce ne fut que le temps d'un éclair Bientôt ses désirs de malade reprirent le dessus et finalement il décida d'accompagner Margot en quelque excursion nocturne au Sébasto.

Courageux, Géraldo l'était jusqu'à la témérité. D'autre part, rompu à tous les exercices de force et d'adresse, boxeur émérite, escrimeur *di primo cartello*, tireur hors ligne et hors concours, il pouvait s'aventurer en des lieux où d'autres hommes, moins entraînés que lui eussent couru plus de dangers.

Le sang non plus, malgré qu'il en eût fait couler déjà ne l'effrayait.

— Tu es toujours dans les mêmes dispositions d'esprit, désireuse de retourner voir les amies et leurs « hommes » un de ces jours ?

— Oui, et le plus tôt possible si tu tiens à éviter que je te plaque avec perte et fracas.

— Allons, allons pas de menaces grossières, ô « mon bel ange blanc »...

— Si tu te moques de moi, gare à ton beau portrait...

— Ne sois pas méchante voyons, et tâche de comprendre la plaisanterie.

— Il ne s'agit pas de plaisanterie, sacré marchand de paroles. Pour jaspiner certes, tu t'y entends, mieux peut-être que ton camarade Méréville...

Et puis c'est pas tout ça... Oui ou non, veux-tu

me laisser aller où je veux, et pas plus tard que ce soir ?...

— Eh ! eh ! voyez-vous... Eh bien, ma belle je ferai mieux, et si tu n'y vois pas d'inconvénients, je t'accompagnerai.

— Toi ? s'exclama-t-elle.

— Qui donc serait-ce sinon moi ? N'est-il pas normal que j'accompagne ma maîtresse.

— Mais on ne te connaît pas...

— Précisément... On aura l'honneur de faire ma connaissance...

— Une semblable aventure n'est pas pour toi sans danger ; n'auras-tu pas peur ?

— S'il y a danger, ce peut-être pour toi aussi bien que pour moi-même.

— Oh ! moi, tu sais, je suis une femme.

— Précisément ; et une femme a besoin de soutien.

— Soit. Viens. Je te préviens que tu risques ta peau.

— On verra.

— Cela t'amuse ?

— Enormément.

Lorsque Margot Belles-Mirettes, vêtue d'un costume tailleur en drap noir, et d'une longue redingote Louis XV en astrakan, coiffée d'un chapeau marquis orné de velours noir et d'une grande plume à tons changeants, pénétra dans la rue aux Ours où elle tenait autrefois ses assises aux heures de repos, ce fut un événement. Pire qu'un événement : une révolution. Les filles qui s'y trouvaient poussèrent successivement toutes les exclamations pittoresques de leur répertoire pour peindre l'admiration et la stupéfaction les plus intenses ; elles examinèrent la transfuge sur toutes les faces, la détaillèrent, la complimentèrent. Ensuite de quoi, deux d'entre elles coururent battre le rappel dans la maison, dans les hôtels et les débits voisins et sur le boulevard.

Toutes les radeuses du quartier arrivèrent ; et ce furent de nouvelles exclamations, de nouveaux hommages.

Des hommes étaient entrés aussi. Des types parfaitement caractérisés et caractéristiques, pommadés, peignés avec la raie droite, rasés de frais, assez bien nippés, mais sans faux-col. La chemise de couleur, bien repassée, et sans faux-col, est en général le signe distinctif, l'uniforme de ce métier spécial qui consiste à *protéger* une ou plusieurs femmes. Que disons-nous, à protéger ; bien mieux : à soutenir. Et elles savent comment les malheureuses ! Enfin, si ça leur plaît...

Les femmes tout en détaillant avec des regards d'envie l'élégante toilette de Margot, ne s'étaient pas fait faute de reluquer également son « miché » Géraldo, très calme et intéressé par ce monde dont il avait beaucoup entendu parler, mais dans lequel il avait, pour la première fois, l'honneur d'être admis à pénétrer, conservait une contenance telle, qu'elle

en imposait un peu. Disposées par habitude à rire et
à s'amuser aux dépens du « pante » ou du « miché »
les *dabs* de ces dames et ces dames elles-mêmes, ne
rirent pourtant pas de lui.

— Voyons, ce n'est pas tout ça, dit Margot, si on
s'asseyait...

— Oui.

Ce fut dans une salle du fond de l'établissement,
une immense tablée.

— Que faut-il faire servir ? demanda froidement
Géraldo.

— Du vin chaud !

— Du punch !

— Du champagne.

— Non, du punch... Un grand saladier, com-
manda Belles-Mirettes, sans plus s'arrêter aux mani-
festations des goûts divers de ses amies.

D'autorité, les quatre hommes qui se trouvaient
dans le bar vinrent aussi s'asseoir à la même table.

— As-tu du tabac ? demanda l'un d'eux à François,
avec l'espoir de l'intimider sans doute par ce tutoie-
ment immédiat.

— Non. Mais je vais t'offrir des cigares si tu veux.
Garçon... Apportez des cigares...

Etonné un peu par l'aisance de Géraldo, le « mec »
se tut.

Cependant au bout de quelques instants, durant
que jacassaient ces dames, dont une s'obstinait à

parler à l'oreille de Margot, le même qui avait demandé du tabac, reprit :

— Le saladier est vide... Qu'est-ce que tu offres maintenant ?

— Attends un peu... Quand j'aurai fini de boire mon verre, je t'inviterai de nouveau.

— J'ai soif, moi, dit un autre en fronçant le sourcil.

— Non, mais dites-donc... On boira, oui... un peu de patience s'il vous plaît.

Ce fut dit avec un regard perçant, qui indiqua aux gentlemen de la rue aux Ours une volonté formelle de ne pas se laisser intimider.

L'un d'eux cependant mâchonna entre ses dents : « Toi, on verra ça... un peu plus tard » puis il interpella directement Margot.

— Dis donc, la môme, tu sais que Coco est à ta recherche.

— Après ?

— Après ?... C'est ton affaire. Mais tu sais, nous autres, nous sommes les poteaux de Coco...

— Et puis ? demanda nettement à son tour François.

Ce fut un nouvel étonnement. Parmi les radeuses, certaines déjà regardaient l'amant de Belles-Mirettes avec des yeux où se lisait quelque envie. « Le mâle vaillant qui avait osé en tuer une » aurait pu retrouver là, d'aussi brillants succès que ceux remportés par lui, dans les cafés de nuit de Montmartre et des grands boulevards.

— Et puis, releva l'ami de Coco je ne te souhaite
pas de le voir surgir d'un moment à l'autre.

Pour toute réponse Géraldo haussa les épaules.

— T'es donc bien mariole? demanda une femme.

— Au moins autant que Coco, répondit orgueilleusement Belles-Mirettes.

— Ça ! faudrait voir.....

— Oui... je le dis... celui-là connaît le Maroni,
Cayenne et l'île Saint-Joseph.

— Un évadé? demandèrent les autres avec soudain
une flamme respectueuse dans le regard.

— Non, un libéré...

— Libéré... On n'en revient pas... Une mouche
alors...

— Les mouches, camarade, finissent dans la
chiourme et restent là-bas.

— Quoi que t'avais fait, alors?

— Il en avait « sonné » une, répondit encore Margot.

— Alors, on te la serre, t'es un costot.

Les mains se tendirent ; il les toucha l'une après
l'autre, non sans pouvoir retenir un mouvement de
répugnance que personne ne remarqua.

— N'empêche, reprit l'homme au tabac que si Coco
rapplique, ça va être drôle... Tu comprends que nous
serons obligés d'être avec lui...

— Alors, vous serez des lâches.

— Tonnerre !...

— Des lâches... j'ai dit.

Devant l'attitude hardie prise par le peintre qui s'était redressé, les autres se turent.

— C'est bon.

Puis, l'un d'eux voulant crâner :

— Soit, on vous laissera faire, toi et Coco.

— Je ne suis pas venu pour cela, avoua Géraldo, et si j'avais prévu pareille rencontre possible, je me serais abstenu malgré le désir de Margot.

— Tu calles ?... Ah ! ah ! il calle !

— Caller, moi ? Cela vous connaît peut-être. J'ignore, pour ma part, comment on procède pour fuir... Vous entendez !... Seulement (et je vais parler si vous le voulez l'argot que je connais aussi bien que vous-mêmes) seulement, dis-je, je n'éprouve pas le désir de me rencontrer avec le quart d'œil, pour des histoires de raisiné. J'en ai mon blot !

— Compris...

On continua à vider des saladiers de punch.

Vers deux heures, un homme entra. Un petit brun, aux yeux chassieux qui passait pour être le lieutenant de Coco. Après avoir jeté un rapide coup d'œil dans la salle du fond, et reconnu Margot dans son costume de femme de luxe, il murmura : « Bath ! » puis ressortit précipitamment.

— Ça va se corser... dirent les autres. Géraldo comprit et se mit sur ses gardes.

En effet, cinq minutes s'étaient à peine écoulées depuis le départ du lieutenant qu'on vit entrer Coco. Son poteau suivait.

Avec des glissements de félin, et la mine d'une bête de proie qui va pouvoir se repaître de sang, l'ancien amant de Belles-Mirettes s'avança vers la salle du fond.

C'était un être conforme au modèle que nous avons tracé plus haut, du « vagabond spécial ».

Front bas, les yeux méchants, lèvres pincées, joli tout de même, vêtu d'un complet bleu, coiffé d'un melon chocolat, et sans faux-col suivant l'ordonnance. Mais un foulard entourait son cou, pour le parer des fraîcheurs de la nuit.

Au physique, assez bien découplé.

— Enfin !... La voilà !

Et s'adressant à Margot.

— D'où sors-tu... sal...

— Je ne te connais plus.

Margot ne pouvait rien trouver à lui dire de plus mortifiant.

Il la saisit par un poignet.

— Réponds...

— Non.

Alors, il vit rouge et sa main droite armée d'un stylet, allait s'abattre sur Margot, quand une étreinte de fer l'arrêta.

Etonné il regarda l'homme qui s'opposait ainsi à sa vengeance, et en voyant un « pante » bien vêtu il voulut se dégager. Mais il n'y parvint pas, et sa rage s'en accrut...

Son regard appela l'aide de ses poteaux qui ne

bougeaient pas ; seul le lieutenant aux yeux chassieux fit mine d'intervenir ; mais Géraldo qui main-
tenait toujours dans l'étreinte solide de sa main gauche le bras de Coco, arma sa droite de son revolver
et dit :

— Le premier qui bouge est mort.

— Attention Coco, il en a déjà tué une... signala
une des filles qui s'étaient levées et assistaient à la
scène, dans un coin.

— Lui ? demanda Coco.

— Oui.

— Jette ton lingue, ordonna François. Jette ton
lingue, te dis-je ou je perds patience..

Maté, Coco dut obéir.

— C'est bon.

Sans cesser de rester sur la défensive devant Margot qu'il protégeait de son corps, Géraldo lâcha Coco,
puis de sa main libre, tandis que l'autre tenait toujours
son revolver prêt à faire feu, il sortit un louis de son
gousset, le jeta au garçon et faisant par une manœu-
vre habile passer sa maîtresse devant lui, parvint à
sortir du bar sans encombre...

Derrière eux Coco avait voulu s'élancer, mais ses
poteaux lui barrèrent le passage.

— Méfie-toi du « rigolo. »

— On se retrouvera... siffla-t-il entre ses lèvres,
avec l'accent de la rage impuissante.

Au dehors, François et Margot prirent un fiacre,

et dès qu'elle fut assise sur les coussins, la fille-chatte jetta ses bras autour du cou de son amant.

— Je t'adore... Je t'adore.

Leurs lèvres restèrent unies longtemps, durant que le cocher, philosophe, fouettait nonchalamment son canasson fourbu.

VII

Tout à son bonheur de fiancé, le sculpteur Philippe Champaix négligeait un peu ses amis, et en particulier François Géraldo. Incapable de se défendre d'une sympathie attirante pour ce grand dévoyé, s'il ne le voyait pas souvent, du moins ne l'oubliait-il pas.

Le dimanche matin où s'étant rendu à son atelier, il y avait rencontré Margot Belles-Mirettes, dont Méréville ne s'était point fait faute de l'entretenir, Philippe comprit dans quelle voie dangereuse s'engageait définitivement le peintre.

Afin d'éviter d'avoir à lui adresser de graves reproches il s'était abstenu de revenir. Désireux cependant de se rendre compte de son état de conscience, il le cherchait depuis plusieurs soirs, dans les établissements où il pensait encore le rencontrer.

Ceci lui permettait de faire d'intéressantes observations sur le noctambulisme parisien et d'étudier les mœurs du monde des noceurs.

Ah ! quelles incroyables tournées de grands-ducs, d'altesses, plus ou moins sérénissimes, de nobles escrocs, d'aventuriers étrangers défilaient dans tous les lieux où l'on s'amuse, avant de s'en aller sous l'escorte de cicérones policiers, visiter les bouges des quartiers excentriques, comme on allait autrefois chez le père Lunette, aux beaux temps de la place Maub.

Tous ces gens-là, à qui l'or, plus ou moins légitimement acquis ne faisait pas défaut, visitaient aussi les maisons spéciales où toutes les prostitutions fleurissent, les maisons ignorées de Suburre; tripots, lupanars, maisons de voyeurs, d'invertis, de lesbiennes, de vieux et jeunes détraqués sadiques.

En y songeant, l'honnête Philippe en avait la nausée, et vivement pour en fuir l'horreur, sa pensée le ramenait vers l'espoir de son prochain bonheur. Il revoyait dans sa mémoire le profil si pur de Mlle Nelly de Bienne, sa fiancée. Dans deux mois sa chère femme !

Ah ! François n'était qu'un grand fou malheureux, d'ignorer certaines joies, de mépriser les plaisirs sereins pour les plaisirs troubles.

— N'empêche que je ne sais toujours pas ce qu'il devient.

Il en était là de ces pensées quand il vit entrer Méréville. Ils se serrèrent la main.

— Comment va?... Très-bien et vous ?

— Merci.

Avez-vous des nouvelles de Géraldo?

— Vaguement. Je sais, — par un de mes clients, un

souteneur dangereux affilié à la bande de Coco, — qu'il s'est commis récemment dans un bouge de la rue aux Ours, en compagnie de sa Margot, et qu'il a failli être assassiné.

— Que me dites-vous ?

— Oui, il en est là... Cette goule que je regrette de lui avoir montrée et présentée, exerce sur lui un grand empire, et l'entraîne au ruisseau dont elle sort et où, bien entendu, elle ne songe qu'à retourner.

— Mais alors, le pauvre garçon est irrémédiablement perdu ?

— J'en ai crainte.

— Eh bien ! cela ne se passera pas de la sorte, non, non et non. Je suis son ami et je veux me conduire en ami, que diable... Pas plus tard que demain matin je vais aller le trouver à son atelier ; s'il n'y est pas, je m'installe à sa porte, et je ne démarrerai pas avant de l'avoir vu, et de lui avoir causé. Causé sérieusement.

Un troisième personnage vint les interrompre.

C'était un ami et un confrère de Méréville, célèbre pour sa prolixité.

— Connaissez-vous la nouvelle, mon cher ?

— Quelle nouvelle ?

— Comment, vous ne savez pas ?

— Pas encore.

— Rien n'est pourtant plus intéressant que cette histoire... Ce Paris, ce Paris ! Il n'y a que dans une ville pareille que semblable chose puisse arriver...

Le cas est bien de dire : « On n'a pas idée de ça en province. »

— Qu'est-ce ?... Affaire de mœurs.

— Si l'on veut.

— M'étonne pas, dit Philippe, nous avons un ami qui dénomme ainsi la capitale de la France : Paris-Suburre.

— Très joli, Paris-Suburre ; très descriptif ; je m'en souviendrai.

In-petto il se promettait de placer le mot dans sa plus prochaine plaidoirie, avec ou sans raison, peu importe.

— Passons à ton histoire, dit Méréville.

— Voici.....

Et le jeune Maître narra cet assez curieux fait-divers, dont on parlait au Palais, bien qu'il ne comportât aucune sanction judiciaire.

« Au commencement des vacances dernières, c'est-à-dire il y a deux mois environ, puisque nous venons à peine de rentrer, un jeune collégien Rémy Dubos, âgé d'environ treize printemps quittait le domicile familial, à Asnières, pour n'y plus reparaître.

« L'enfant, de caractère doux et même un peu mélancolique était, au physique, assez débile ; sa mièvrerie lui valait de ses camarades le surnom d'Efféminé. — Oui. — Déjà. — Les enfants du Bas-Empire ! »

Content de ses mots, l'avocat s'interrompit pour sourire ; puis il avala une gorgée de thé et reprit son récit, jusqu'à présent tout à fait quelconque.

« Lorsqu'il quitta le domicile paternel, nulle mon-

naie d'or ne surchargeait ses poches ; c'est à peine
s'il possédait quelques francs en pièces blanches et
billon.

« Vous comprenez n'est-ce pas, l'inquiétude des parents ; de gros négociants du Sentier, ayant leur domicile particulier dans un pavillon cossu d'Asnières.

« Infructueuses furent leurs recherches, si bien
que finalement, en désespoir de cause ils s'adressè-
rent à la Préfecture de Police.

« Sur ces entrefaites, une des voisines du jeune po-
tache, Mlle Valentine Renot, à peine âgée de douze
ans, quittant un beau jour chiffons, poupées, ménages
et jeux, disparut également de chez ses parents, pai-
sibles rentiers de Colombes.

« La coïncidence, rassurante dans un certain sens,
puisque les deux familles étaient liées par une vieille
amitié, et que les enfants jouaient souvent ensemble,
compliqua encore les recherches.

« Une lettre du gamin adressée à la gamine, et
datée du collège, la veille de la distribution des prix,
que les parents de la fillette trouvèrent parmi ses
jouets, indiquait clairement une double évasion pré-
méditée. »

Par curiosité, j'ai copié un des passages les plus
intéressants de cette lettre. Permettez que je vous en
donne lecture.

« Oui, chère petite aimée, nos projets se réalise-
« ront ; un jour prochain arrivera où nous pourrons
« vivre en paix, seuls, dans un monde à nous, loin de

« ceux qui sont incapables de comprendre nos sen-
« timents.

« Je quitterai ma famille, laissant tout pour toi, et
« j'espère qu'au signal convenu tu seras prête à en
« faire autant. Notre bonheur ne vaut-il pas tous les
« sacrifices ? »

Et ce Lowelace signait : « Ton amant : Rémy. »

Les petits amoureux étaient partis sans prévenir
les auteurs de leurs jours, sans faire sonner le clairon
ni le tambour. Sans doute entendaient-ils passer les
vacances à leur entière fantaisie, loin des exigences
mondaines et familiales.

Bien que la lettre oubliée fournit quelques indica-
tions, des indices pour retrouver les fugitifs, les recherches n'en restèrent pas moins vaines. Tous les hôtels
et maisons meublées de Paris et de la banlieue furent
fouillés de fond en comble ; les commissaires spé-
ciaux de toutes les gares furent prévenus et reçurent
le signalement des deux « amants » ; ils demeurèrent
comme devant, introuvables.

Or, avant hier, dans la soirée, un gardien de la
paix de service sur le boulevard Excelmans, remarqua l'allure particulière d'un petit bonhomme qui
frôlait les étalages des boutiques d'une manière sus-
pecte. Il le fila et bientôt le surprit entrain de subs-
tiliser prestement un gigot de mouton à l'étal d'un
boucher.

Le voleur fut naturellement conduit au commissariat de police.

Pressé de questions par le magistrat, le garnement déclara se nommer Rémy Dubos, mais il refusa énergiquement d'indiquer son domicile.

Ce n'est que devant la perspective menaçante de la maison de correction promise par le commissaire, qu'il se décida à entrer dans la voie des aveux et à dire qu'il habitait dans une vieille usine désaffectée et abandonnée de l'avenue Félix-Faure, de l'autre côté de la Seine, à Grenelle.

Les agents l'accompagnèrent à l'adresse indiquée, et grande fut leur surprise, vous pouvez l'imaginer, quand ils trouvèrent, après avoir traversé les pièces désertes et presque en ruines, une petite chambre, moins endommagée que les autres, dans laquelle dormait profondément sur un lit de feuilles et de chiffons, une fillette qu'ils réveillèrent.

Valentine Renot, — car c'était elle, — avoua sa fugue sans détour. Plus, elle crut devoir ajouter qu'elle avait assez de la vie conjugale...

Rémy Dubos, en entendant cette déclaration qui l'outrageait dans son amour et dans sa fierté d'homme, ne put retenir son indignation.

« — Infâme ! être infâme et vil ! s'écria-t-il, dire que c'est pour te rendre libre et heureuse que je me suis mis dans un mauvais cas... Et voilà comment tu me récompenses... C'est bon ; je n'ai plus qu'à mourir... Messieurs, emmenez-moi. »

Les agents les emmenèrent l'un et l'autre.

Le soir même Valentine et Rémy furent rendus à

leurs familles... Mais, — et c'est là le côté typique de l'aventure, — la gosse parvint encore à s'enfuir du domicile paternel. On ne sait pas du tout ce qu'elle est devenue...

— Charmant, dit Méréville.

— Symptomatique, fit Champaix.

— Les enfants de Suburre ! conclut le narrateur qui ne voulait pas perdre l'occasion de s'exercer à placer le mot qu'il adoptait sans raisons bien précises en somme, pour désigner le Paris contemporain.

— Que peut bien être devenue la gamine ? demanda Philippe.

— Elle promet...

— Convenons-en.

— On la retrouvera finalement dans la Seine.

— Ou bien elle partira pour l'Amérique avec un de ces nombreux marchands de chair humaine qui déshonorent la civilisation des émancipateurs de la race noire.

— La traite des Blanches ! En voilà une plaie à soigner !

— Au fer rouge.

— Le législateur n'a pas suffisamment armé le chirurgien, c'est-à-dire la police.

— Il n'est jamais trop tard pour bien faire.

— Le mieux dit Philippe en conclusion, serait d'éviter des lois nouvelles, tout en soignant le mal...

— Vous êtes un libéral.

— Pour chacun, aussi bien que pour moi-même.

— La théorie est nuisible.

— Vous voilà bien, vous autres, gens du Palais... On dirait à vous entendre que le bien s'impose par la crainte, et que le mal se guérit par la répression.

— Parfaitement.

— Une opinion, sans plus...

— Evidemment.

La conversation languit, puis s'éteignit et Philippe ne tarda pas à quitter Méréville et son confrère, pour regagner son domicile.

Il se promettait de se lever le lendemain matin de très bonne heure, afin d'aller chez Géraldo avant de se rendre, ainsi que tous les samedis, chez M. de Bienne où il déjeûnerait, à côté de sa chère Nelly.

Vainement il sonna et resonna chez François. Personne ; les domestiques, femme de chambre et cuisinière elles-mêmes, profitant de l'absence des maîtres s'étaient éclipsées.

Le logis devait être désert depuis la veille au moins. Après tout, le peintre pouvait être parti en voyage.

— Non, pas que je sache, répondit la concierge interrogée... Madame... Madame... et en prononçant ce mot, *Madame*, elle avait une moue de dédain très accentuée, est rentrée hier avec une autre dame et deux fillettes. J'ai entendu qu'elles parlaient de musique... La grosse dame était décorée... en violet... du mérite agricole, je crois, et elle disait : « C'est une de mes anciennes élèves... d'Asnières... Elle est bien gentille ; je vous la recommande... »

— Et M. Géraldo ? demanda brusquement Philippe pour interrompre le bavardage de la concierge...

— Je ne l'ai vu ni monter ni descendre, pas plus que personne, et cela m'étonne bien, parce que la grosse dame disait aussi : « Si votre ami est là, il sera content », et Madame répondait : « Certainement, certainement ; il y est. »

— Où sont donc les domestiques, puisque personne ne répond ?

— En congé de quarante-huit heures. Quand on est jeune, il faut bien en profiter.

« Étrange, étrange », murmurait le sculpteur en s'éloignant, et il se promit de revenir après déjeuner, pour en avoir le cœur net.

Chez M. de Bienne, durant le repas, Nelly remarqua la préoccupation de son fiancé et elle en fut inquiète...

— Qu'avez-vous donc aujourd'hui, mon cher fils, questionna paternellement le futur beau-père ; vous paraissez très affecté... Si vous avez des ennuis qui vous tracassent, vous savez qu'il faut nous les avouer sans détours ; nous en voulons notre part ; nous y avons droit.

— Pour moi la moitié.

— Chère Nelly, la moitié, pas plus !... ce serait une part léonine et trop lourde pour vos épaules. Cher père vous ne pouvez rien dans l'affaire qui me préoccupe, car il ne s'agit pas de moi, mais d'un ami, un garçon remarquablement doué qui est en train de tourner mal, très mal ; je cherche le moyen de le tirer de son bourbier et je n'en vois pas la possibilité ; c'est ce qui me désole...

Puis s'adressant à M. de Bienne :

— Je vous raconterai cela.

Le père comprit sa réserve en présence de Nelly et n'insista pas. Après le café, Champaix se retira pour aller de nouveau chez Géraldo.

Cette fois il le rencontra ; mais son étonnement fut grand de rencontrer aussi chez lui, en outre de Margot-Belles-Mirettes, une gosseline de douze ans environ, à l'aspect déjà vicieux, qui répondait au doux nom de Valentine et que la maîtresse, sans gêne, de son ami couvrait de caresses passablement osées.

— Pourrais-je te parler ? demanda Champaix sans s'attarder à de longs préambules.

— Parle-moi.

— Pas ici. Seul à seul.

— Quoi donc... on vous gêne, remarqua Margot avec une intonation canaille.

— Au contraire, répondit Philippe, non sans ironie, mais il s'agit d'un secret qui n'est pas le mien.

— Veux-tu passer au salon ou dans la salle à manger ? dit François.

— Je préférerais, si cela ne te dérange pas, causer

en nous promenant, dans la rue... jusqu'au parc
Monceau ; nous sommes à deux pas.

Avec un mouvement d'humeur, Géraldo acquiesça.

— Je prends mon chapeau et je te suis.

En refermant la porte, Philippe entendit la voix de
Marguerite qui chantait :

— Oh ! lalalà ! As-tu fini...

Les deux amis se dirigèrent vers le parc où le
sculpteur aimait assez à venir s'asseoir durant les
chaudes soirées d'été à côté du marbre qui célèbre la
gloire de Guy de Maupassant.

— Voyons, cher, quel genre de vie mènes-tu ?

— Une vie aussi agréable que possible.

— Laisse-moi le croire, bien que ce soit, à mon
avis discutable. Aussi n'est-ce pas du plus ou moins
d'agrément de ta vie que je veux te causer, mais bien
de ce qu'est cette vie, et jusqu'où elle peut te conduire.

Afin d'arrêter le geste qu'esquissait le peintre pour
indiquer sa volonté d'être et de rester le seul juge de
sa conduite, Champaix biaisa :

— Pardonne-moi, si je me permets d'entrer dans
ton intimité sans y être invité, et de te donner des
conseils.

Tout en marchant, François regardait son ami avec
étonnement.

— L'amitié que je te porte, l'amitié seulement, tu
entends : pas autre chose, m'a fait venir te trouver
ce matin, puis cet après-midi.

— C'est toi qui es venu ce matin ?

— Tu y étais donc ?

— J'y étais et n'y étais pas... C'est-à-dire que je ne pouvais pas recevoir.

A son tour, Philippe regarda François et un étonnement douloureux se peignit sur ses traits.

— Ah ?... fit-il.

— Oui, répondit sèchement le peintre que tous ces préambules et ces précautions commençaient à énerver.

Le sculpteur affecta de ne pas observer ce changement d'intonation.

— Peut-être te souviens-tu que le jour de l'enterrement de cette pauvre Juanita je te disais, oh ! avec toute la sincérité de mon cœur : « Tu as tout ce qu'il faut pour semer du bonheur autour de toi. »

— Eh bien, est-ce que je n'en sème pas ? interrompit Géraldo railleur.

— Ne blasphème pas, je t'en prie. Le bonheur est chose sainte et ne doit être confondu avec le vice et la débauche. Laisse-moi continuer. Je te disais : « Tu as talent, fortune, succès d'art ; rien ne te manque, ...pourquoi te plaindrais-tu de ton sort...

— Je ne m'en plains pas.

— Bon. « Moi, je n'ai ni tes moyens ni ta notoriété et je suis content tout de même, je prends patience ; j'ai la foi... C'est ce qui me fait aimer la vie et les êtres... Le soleil du succès, quelque matin me réchauffera de ses rayons ; et au lieu de passer mon existence à la recherche de l'Insoupçonné, de l'Irréel, ainsi que le font les coupeurs de fil en quatre, je fais bon ménage avec la réalité, et sais me contenter des joies et des plaisirs sains et honnêtes, lesquels sont beaucoup plus intenses et profonds que tu ne l'imagines; les seuls durables en tout cas... »

Ils étaient arrivés dans la grande allée du parc qui aboutit à l'avenue Vélasquez. Devant eux s'élevaient les magnifiques et luxueux hôtels qu'habitent juifs millionnaires et catins de haut plumage.

— Très remarquable ce coin de Paris, observa François.

— Peuh ! A certains points de vue !

— Certes.... Je sais bien que nous sommes encore, là comme ailleurs, comme partout, à Suburre... Ce qui se passe dans ces palais et ces hôtels, dans ces serres, derrière ces murs, n'est pas plus « sain et honnête » — j'emploie tes mots, — que ce qui se passe en certains établissements de Montmartre, par exemple, toutes proportions gardées et en tenant compte des différences sociales...

— Sans doute.

Asseyons-nous, veux-tu ?

Ils prirent place sur un banc, à l'ombre d'une touffe d'arbustes. Géraldo tira de sa poche un étui à cigarettes, en offrit une à son ami et ils s'arrêtèrent de causer pendant un instant. La fumée de leur tabac égyptien montait en spirales odorantes dans l'air ; un bien-être les pénétrait, engourdissait leur acti-

vité, leur combativité ; des enfants escortés de leurs
nourrices ou de leurs bonnes, couraient, criaient,
jouaient dans les allées. Tous étaient richement vêtus, pomponnés, soignés.

— Comme c'est joli l'enfance ! dit Philippe.

— Oui... Et que de tares sous ces roseurs et ces
blondeurs... Des hérédités physiques et morales ter-
ribles !...

— Pessimiste. Va !

— Je généralise et j'applique la même loi aux con-
trastes les plus frappants. Va-t'en voir à Ménilmuche, — il parlait argot de temps à autre, depuis que
vivait chez lui Belles-Mirettes — à Ménilmuche, à
Javel, à la Butte-aux-Cailles, à La Villette ;... les
gosses sont tout différents d'aspect, mais ils ont absolument les mêmes tares, les mêmes tout à fait, tu entends, les mêmes qui se manifestent ou se manifes-
teront d'autre manière, voilà tout...

— Permets-moi de me servir de ta philosophie
sombre pour en revenir à ce dont je voulais te parler.

Comment se fait-il qu'un garçon de ta valeur et de
ton intelligence se laisse pourrir dans la boue, ainsi
que tu le fais ?... Ne proteste pas ; laisse moi tout
dire... Si tu n'enrayes pas, tu es perdu ; et je ne veux
pas, tu entends, tu entends à ton tour, je ne veux pas
que mon meilleur ami, celui que j'aime le plus et
pour qui mon cœur a le plus de faiblesse, en arrive
à mal finir... *à mal finir*... tu comprends. Chut !... Je

sais... Ce que je dis est la vérité... Cette fille que tu as ramassée dans le ruisseau, ce bouquet fleurant la charogne...

— L'image est jolie... et audacieuse... tu deviens poète, ma parole... Est-ce l'amour de ta petite *oie blanche* qui t'incite à ce débordement de lyrisme ?...

— François... dit simplement Philippe avec une tristesse dans la voix, tu deviens injuste et cruel...

Leur conversation prenait une tournure un peu aigre.

— Cette femme, ta maîtresse enfin, reprit-il est indigne, indigne de toi... Je suis un peu renseigné sur ce que tu fais avec elle ; tes fréquentations au boulevard Sébastopol et rues adjacentes, tous ces repris de justice, ces...

— Comme moi...

— Tu déraisonnes,... ces Mme Casque d'Or, et autres rebuts de Société, ces Apaches en un mot, pour me servir d'un qualificatif moderne, bien que tout à fait absurde et mal placé,... sont devenus ta famille d'élection...

— Que veux-tu... je me plais dans ce fumier... Imagine-toi que je ne prise rien tant que l'odeur de la buée qui s'échappe des bouches d'égout aux jours secs et froids de décembre.

— Le paradoxe te convient, je le sais... Ce n'est que du paradoxe...

Ecoute-moi, mon cher ami, mon cher François,

je t'en prie, je t'en supplie... renonce à ton existence corrompue...

— Tu veux rire?... Vraiment tu ferais un excellent pasteur... Je te vois très bien dans l'Armée du Salut avec l'S majuscule. Ne m'interromps pas...

Ne t'ai-je pas avoué, le jour précisément de l'enterrement de la belle Juanita, à la suite du raisonnement que tu me tenais alors et que tu viens de me reproduire tout à l'heure, ceci :

« De toutes les opinions du monde, je n'ai cure ; la multitude peut s'honorer de mon mépris... Ils ne comprennent pas, les individus vagues qui la composent, que l'on a le droit, après avoir souffert ce que j'ai souffert, enduré ce que j'ai enduré, de devenir un absolu, un parfait égoïste.

« Je suis un fruit superbe de la décadence, et j'abrite en moi les raffinements adorables de l'art et du vice quintessenciés... Je vis pour jouir !... Que l'on m'excuse, que l'on me plaigne et que l'on m'admire... Quant au monde, je te le répète, il ne mérite même pas qu'on s'arrête pour le regarder ; on peut le fouler aux pieds sans remords, ...et chaque être, quel qu'il soit, n'est qu'une parcelle de ce monde méprisable. »

Tels sont mes sentiments, et c'est précisément sur eux que j'édifie mes jouissances... Tu ne sais pas tout, tiens...

Pris par un désir de s'avilir davantage aux yeux de Champaix, ou par un criminel orgueil, ou bien encore par un besoin de bravade et de sacrilège, il ajouta :

— Mieux que tu ne supposes, je suis un byzantin... Margot-Belles-Mirettes ne suffisait plus à mes fringales de sadisme... A présent, j'ai un petit groom et surtout, oh! surtout, une petite pomme verte, acide, âcre, crissante, adorable de vice... cette petite Valentine que tu as vue chez moi... Nous avons un grand bonheur les uns et les autres, à nous rendre ensemble, ou deux par deux, dans certaines maisons spécialement hospitalières aux amours originales, que cette précieuse Margot a su me découvrir... Ce sont, tu m'en peux croire les derniers salons où l'on cause...

Stupéfait d'abord par ces aveux cyniques, Champaix, peu à peu avait senti gronder en lui la révolte.

— Ecoute, fit-il d'une voix rauque en saisissant le bras de son ami... est-ce vrai? Ne mens-tu pas dans un désir de gloriole imbécile... avec l'idée d'épater le bourgeois...

— Eh, mon cher... tu deviens stupide. Pourquoi veux-tu que j'éprouve le besoin de t'épater, toi...

Champaix restait atterré...

— Non... dis-moi que tu mens... que tu blagues...

— Pas du tout.

— Mais alors,... tu n'es qu'un misérable.

— Eh oui !

— La prison te guette... il y a des lois pour punir tes crimes...

— Mes crimes ! Quels gros mots !... Sache que ces

petits vices, mon cher, sont très bien portés à Suburre...

— Ecoute... Il en est temps, encore peut-être... Veut-tu te repentir ?

— Ne déraisonne pas, voyons...

— Tu préfères rester dans ta boue et dans ta lâcheté...

— Lâcheté, je n'aime pas ce mot-là, Philippe.

— Tant pis...

Ils s'étaient levés, prêts à laisser éclater leur colère...

— Je ne veux pas... non... que mon ami puisse être un lâche... Tu vas changer de vie... venir habiter chez moi... Auprès d'une famille qui m'est chère et où tu pourras te retremper dans l'honneur.

— Chez qui ?

— Chez M. de Bienne, le père de ma fiancée...

— Ah oui !... Eh bien, mon vieux ; je n'apprécie pas du tout la compagnie des petites oies blanches, ni des demi-vierges plus ou moins endommagées...

— François !...

— Philippe !...

Les yeux dans les yeux, ils se défiaient... Puis Champaix, soudain rappelé à la raison, par la vue de promeneurs et d'oisifs qui s'approchaient d'eux, attirés sans doute par leur éclats et curieux d'assister à quelque scène de violence ou de scandale, dit simplement d'une voix étouffée par un juste courroux.

— Jamais je ne te pardonnerai cette... lâcheté...

François n'aimait pas ce mot, qui le cinglait et il levait déjà la main pour châtier, quand une volonté, une force plus puissante que la sienne, un courage plus fort que son indiscutable courage d'aventureux démoniaque, l'arrêta. C'était le regard franc de cet homme trapu, carré, redoutablement loyal : Philippe Champaix..

— C'est bon fit François... Tu deviens idiot.

— Adieu, malheureux ! répondit simplement le sculpteur, sans relever la dernière épithète.

VIII

Très pris par ses vices, un peu las déjà des passions qu'il pouvait satisfaire à domicile, Géraldo mis en goût par les scènes vraiment lubriques auxquelles il avait déjà assisté, en compagnie de son groom, de Margot, de la « pomme verte » Valentine, dans les maisons spéciales de certaines rues du centre suburrien, ne songeait plus qu'à les renouveler chaque jour et à chaque heure du jour. Et il fuyait son domicile, y laissant Margot se satisfaire de la compagnie du petit gamin habillé à l'anglaise, tandis qu'il emmenait de son côté la gosseline Valentine dont l'acidité excitait sa sensualité lasse.

Mais Mme Belles-Mirettes ne se pouvait éternellement contenter de la naïveté trop tendre du jeune éphèbe ; frappée dans son amour-propre et dans son orgueil de gouine par l'abandon et les dégoûts invoilables du peintre, elle souffrait surtout d'une jalousie féroce née, grandie, nourrie dans son cœur. Margot s'était mise à aimer d'un amour hideux, formidable et maladif la môme Valentine qui s'obstinait à lui préférer François.

Déjà des scènes caractéristiques avaient eu lieu entre la maîtresse et l'amant.

— Si tu l'emmènes encore avec toi, je me barre pour retourner à Coco... Et si je retourne à Coco, gare à toi...,

— Va ma fille, va... Tu es libre... Quant à ton Coco j'en ai cure comme d'une vieille paire de bottes...

— Prends garde...

— A quoi ?...

— Si je vends la mèche...

— Eh bien ?... Tu seras compromise autant que moi...

— Tant pis... je ne veux pas que tu continues à garder cette gosse... chez toi ; je veux la rendre à sa famille...

— Ah ! ah ! ah ! ce serait rigolo... D'abord, tu ne la connais pas sa famille.

— Si, je la connais...

— Tiens !... s'exclama François, je ne t'en avais jamais entendu parler. Bravade, mensonge ou colère... voilà ce que tu connais.

— Soit... Nous verrons.

Margot savait, en effet, réellement où se trouvait la famille de Valentine Renot.

La vieille proxénète que nous avons vue passer en correctionnelle avec Mᵉ Méréville comme défenseur et Belles-Mirettes pour principal témoin à décharge, habitait à Colombes tout près de la famille Renot ; depuis longtemps elle connaissait Valentine et plusieurs fois déjà l'avait emmenée chez elle. La gosse attirée par toutes sortes de douceurs et de friandises s'était vite habituée. De sorte que lorsqu'elle s'était enfuie pour la seconde fois du domicile paternel, c'est chez la vieille qu'elle s'était directement rendue.

Celle-ci ne pouvant la garder aussi proche de sa famille, et ayant rencontré Mme Margot elle lui en avait parlé. Margot avait dit : « Amenez-la, nous la prenons. »

Entre l'ancienne protégée de M. Coco du Sébasto et François Géraldo, dont elle était depuis bientôt trois mois la maîtresse, la jalousie commençait à dégénérer en haine.

Le groom fut sacrifié. Le peintre le jeta dehors avec un viatique assez maigre, et l'envoya continuer autre part l'infâme commerce auquel il avait été dressé par un père indigne de ce nom. Ce renvoi n'avait d'autre but que de déplaire à Margot ; mais elle se souciait assez peu du gosse vicieux et elle n'en souffrit pas. Dire qu'elle n'en fut pas blessée, est autre chose...

— Je me vengerai...

Quand une femme dit : « Je me vengerai » il faut toujours se méfier ; un « sâle coup » se prépare.

Libre d'aller et venir à sa guise, de se promener dans Paris quand bon lui semblait, de rentrer tôt ou tard et même pas du tout, à présent que son amant déjeunait et dînait dehors neuf fois sur dix, en compagnie de Valentine et couchait « en ville » deux ou trois fois par semaine, Margot Belles-Mirettes, avait été revoir ses camarades de la rue aux Ours. Deux ou trois de ses plus fidèles vinrent lui rendre sa visite jusqu'en l'appartement du peintre.

— Mince alórs !... T'es rien bath !

Malgré toutes les précautions prises par elle pour éviter le juste et redoutable courroux de son Coco trahi, celui-ci ne tarda pas dès lors à connaître l'asile bourgeois et capitonné où s'était refugiée «sa môme » et comme il se souvenait de l'injure mortelle à lui, faite par « son miché », il ne tarda pas à se réjouir d'un espoir de vengeance prévue prochaine et terrible.

—On va donc lui voir les tripes à ce fiérot et savoir si les aristos ont toujours le sang bleu.

Quant à cette v... de Margot, son tour viendra ensuite...

Et il grinçait des dents d'une manière effrayante M. Coco, ce qui ne contribuait pas du tout à lui embellir la physionomie. Avec une patience de bénédictin et des ruses de Sioux — nous dirions d'apache sans la crainte de voir le lecteur donner une signification fausse à ce nom sur lequel un M. Dupin se permit de faire caca — Coco élabora son projet.

Un souteneur qui se respecte et à conscience de sa dignité, n'hésite pas, au besoin, à jouer les « monte-en-l'air » pour se livrer aux douceurs productives du cambriolage ; surtout lorsque sa « glèbe »

est devenue, pour cause quelconque, improductive.
Il fut un temps où tous les voleurs se disaient anarchistes, histoire d'épater les populations et d'effrayer
peut-être la justice ; car les trois quarts du temps
ils ne savaient la signification, même approxi-
mative du mot.

Quand les voleurs ne se disaient pas anarchistes, il
était de mode parmi les gens de police de leur en col-
ler néanmoins l'étiquette ; cela aidait toujours à dé-
considérer dans l'esprit public un parti révolution-
naire redoutable. Nous n'avons pas à apprécier ces
procédés ; nous les constatons et les signalons, tout
simplement.

En tout cas, aujourd'hui, ce que l'on peut bien dire
avec une indiscutable raison, c'est que si tous les
malfaiteurs et voleurs ne sont pas souteneurs ; tous
les souteneurs, sans aucune exception, sont des malfaiteurs avérés, cambrioleurs, voleurs à la tire et
joueurs de couteau. Aussi, n'est-il pas d'êtres dans
la société que l'on doive abhorrer et mépriser autant
que ceux-là. Ils sont une lèpre, un hideux chancre
social dont Paris-Suburre paraît être le corps d'élection. N'allez pas croire d'ailleurs qu'on peut les reconnaître à la tenue classique d'il y a vingt ou trente
ans : casquette à trois ponts, cravate rouge et pantalon à pattes d'éléphant. Que nenni ! les temps ont
bien changé. Déjà, il me semble vous avoir dépeint
ceux du boulevard Sébastopol qui sont ceux de partout. Ceux-là ont chapeau melon, veston collant,

chemise brillante — le plus souvent sans faux-col —
pantalon à la mode et souliers jaunes l'été.

Mais il en est d'autres, et en nombre, qui vivent
dans la meilleure société, dans le Tout-Paris, et qui
ont hôtel, automobiles et chevaux.

On les coudoie dans les cercles, au théâtre et dans
les music-hall... Bagues à tous les doigts, générosité
princière, voire conversation spirituelle... L'élite
s'adonne aux arts ; il en est qui sont à demi-célèbres
dans la littérature ; mais il ne faudrait pas les mépriser moins que les autres. Ils sont plus distingués ;
ils ont les écailles moins voyantes ; toutefois ils ne
sont pas moins vils ; — au contraire !

Margot, bénévolement donna au lieutenant de Coco,
à l'homme aux yeux chassieux dénommé Bibi-la-
Chouette et protecteur émérite de Nini-la-Moche,
tous les détails nécessaires pour dévaliser tranquille-
ment et en toute sécurité l'atelier de Géraldo, et faire
main-basse sur les *fafiots*, titres aux porteurs, bijoux
et monnaies enfermés dans un coffre-fort en cuivre,
plus délicat que robuste, plus original que résistant.
Bref, une nuit, l'appartement et l'atelier furent dé-
ménagés.

Margot redoutait la colère de Coco, si elle se trouvait en sa présence. Aussi avait-elle préféré partir en
voyage pour quarante huit-heures ; chez sa vieille
nourrice, du côté d'Orléans. O tendresse et reconnaissance !

Quant à Géraldo, il s'était décidé à *meubler* Valentine. Rue Rodier, tout près de l'avenue Trudaine, dans une maison où les concierges bien stylés savent ignorer ce qui se passe chez leurs locataires. La gosse, prenant son rôle au sérieux se confinait dans son boudoir. Elle avait son boudoir !!! et des pots de confiture plein son armoire à glace-trois-portes !,

Aussi, n'osant renvoyer de chez lui la Margot acariâtre, François se bornait-il à lui abandonner à peu près complètement l'usage de son home, tandis qu'il vivait lui aussi dans le boudoir et les pots de confiture.

Cependant, il eût l'occasion de retourner à son atelier, pour y prendre ses pinceaux et des couleurs destinés à peindre Valentine Renot « *en chimère violette* » Après avoir sonné et constaté que Belles-Mirettes, n'y était pas (les bonnes avaient été congédiées depuis longtemps), il sortit son trousseau de clefs et ouvrit la porte.

Sa stupéfaction fut grande tout d'abord.

Dans l'antichambre, un grand porte-manteau était renversé, et la glace brisée gisait en morceaux sur le parquet. Il releva la tenture qui séparait l'antichambre d'une galerie ; les toiles éventrées pendaient lamentablement aux murs en des équilibres étranges ; deux plâtres réduits en miettes étoilaient le tapis et un marbre représentant une nymphe, fendu en trois morceaux, encombrait l'orifice d'un vase étrusque, sur son socle.

L'idée d'un assassinat vint aussitôt à l'esprit de

Géraldo en voyant ce désordre : « Ils l'ont tuée »
pensa-t-il et, se précipitant dans la chambre à coucher où devait être le cadavre de Margot, il ne trouva
qu'un inénarrable désordre. Le lit défait. Au milieu
des draps, les malfaiteurs, par amour des scatologies
expressives, s'étaient sans doute les uns après les
autres, livrés à l'épanchement de leur superflu, et
malgré deux bouquets fanés qui complétaient l'orne-
ment, une odeur de latrines empestait la pièce.

Géraldo, en se bouchant le nez par crainte d'as-
phyxie, courut ouvrir les fenêtres. Dans un arbre de
l'avenue deux petits oiseaux chantaient le soleil et
la liberté !

Rassuré déjà sur le sort de Margot, François passa
dans son atelier, mais arrivé là il ne put retenir un
cri de stupéfaction et de colère. Son coffre-fort indou,
éventré, laissait apercevoir le vide de son corps.

Géraldo se passa la main sur le front. Une sueur
froide lui mouillait les tempes.

A peine remis de son émotion, il entra dans la
salle à manger. L'argenterie contenue dans le buffet
s'en était allée avec l'argent et les valeurs.

Le peintre n'était pas homme à réfléchir ni à s'éga-
rer longtemps.

— Parbleu !... C'est Margot !... Ah la salope !...
Du moment qu'elle s'est enfuie, elle a fait le coup.

Il dégringola chez la concierge.

— On a cambriolé chez moi, hurla-t-il au nez de
la bonne femme... Où est Margot ?

— Mar... Mar... Oh mon Dieu ! s'exclama la préposée au cordon, en levant vers le ciel, représenté par le plafond bas de sa loge, ses deux bras et son balai... Mon Dieu ! ma mère !... Mar... Margot !... Madame... chez vous... cambriolé !

— Oui. Avez-vous vu Madame aujourd'hui ?

— Madame... Madame... Monsieur ne sait donc pas que Madame est partie hier matin pour Orléans, voir sa pauvre vieille nourrice qu'est malade dans un petit village.

— Etait-elle seule ?

— Ben sûr, Monsieur, seule comme je vous le dis.

— Personne n'est venu chez moi ; nul ne m'a demandé ?

— Personne, monsieur.

Voyant qu'il ne tirerait rien d'une aussi angélique ignorance, il dit :

— Je vois qu'il ne me reste plus qu'à m'adresser à la police.

— La police... oh ! Monsieur, la police... Qu'est-ce qu'on va dire ! marmottait la concierge en continuant à brandir vers un ciel imaginaire son balai et ses deux bras.

Géraldo ne croyait pas devoir perdre un temps plus long et, poussé par une indignation débordante, il se précipita, sans réfléchir davantage, vers le commissariat de son quartier.

Ce fut le secrétaire qui le reçut, et il lui narra son aventure avec force détails.

— Vous soupçonnez donc ?... demanda le secrétaire.

— Mlle Margot-Belles-Mirettes, comme bien vous supposez.

— Seule ?

— Non pas... Plusieurs complices.

— La chose me paraît probable, en effet.

— Quel est, d'après vous, le montant du vol ?

— Tant en valeurs qu'en bijoux et argenterie : six cent mille. Sans compter au moins cinquante mille de dégâts.

— La chose est grave.

— Tout au moins pour moi.

— Eh bien Monsieur, je vais téléphoner au chef de la Sûreté, et les agents sans plus tarder, se mettront en campagne. Nul doute qu'avec l'aide des renseignements précieux et précis que vous venez de nous donner, les criminels ne soient bientôt arrêtés.

— Tel est mon souhait le plus ardent, Monsieur, car sinon, je suis complètement ruiné.

— Fiez-vous à nous, Monsieur. La police sait faire son devoir avec habileté et promptitude.

En sortant du commissariat, le peintre se rendit rue Rodier, chez Valentine « sa pomme verte. »

Sous les caresses mièvres de l'enfant, il oublia ses déboires et sa colère.

La police ainsi que l'avait indiqué justement le secrétaire, devait faire son devoir avec promptitude et habileté.

Lorsque Margot-Belles-Mirettes revint au domicile du peintre, précisément afin d'indiquer par son retour, qu'elle n'était pour rien dans le cambriolage qui avait dû s'accomplir en son absence, elle fut arrêtée séance tenante par des agents de la sûreté dissimulés dans la loge de la concierge.

— Pardon... protesta-t-elle... vous vous trompez... Qu'y a-t-il ?...

— Suivez-nous ; on vous le dira...

— Soit. Ma tranquillité est complète...

— Elle ne le sera sûrement pas autant, lui fit remarquer un des policiers, quand vous connaîtrez les charges qui pèsent sur vous et l'accusation précise dont vous êtes l'objet.

— De quoi m'accuse-t-on enfin ? Vous pouvez bien me le dire.

— Le fait de le demander prouve votre toupet...

— Allons toi, reprit-elle en s'adressant au plus âgé des agents, celui qui l'avait invitée à monter dans un fiacre fermé et spécialement réquisitionné à l'intention de la maîtresse de Géraldo, sois bon zigue, accouche de la vérité. De quoi m'accuse-t-on, dis moi ?

— Cambriolage...

— Où ?

— Chez le peintre. Et puis assez, hein, te voilà renseignée.

— Mais, je vous assure que je ne sais pas ce que cela veut dire. J'arrive d'Orléans, on pourra le vérifier. Pendant deux jours, à l'hôtel de la Bonne Lorraine, je suis restée. Et d'ailleurs, qui m'accuse ?

— M. Géraldo ; ça te rive la langue, hein ?

— La charogne !... hurla Margot en essayant de se soulever brusquement.

Mais on avait eu soin de lui passer le cabriolet, et la douleur qu'elle ressentit, l'obligea à se rasseoir.

— Lui ! m'accuser !... Lui... Ah ! eh bien ! on va rire... Moi aussi, je vais raconter ce que je sais, et le plus bouché des deux ne sera pas celle qu'on pense... Ah ! le salop ! Qu'est-ce que je vais lui servir ! Allons vite... qu'on me mette en face du quart d'œil et je vais lui en apprendre de belles...

Ah ! la casserole !...

— Ce n'est pas devant le commissaire que nous t'emmenons la belle, mais bien devant le juge d'instruction. Tu pourras lui raconter tout ce que tu voudras, à lui ; il ne demandera pas mieux que de t'écouter...

— Et ce que je lui servirai lui en bouchera plus d'un coin... tas de v...

— Allons, allons, pas d'insultes... Nous sommes gentils avec toi. Tâche au moins d'être polie avec nous.

Une fois introduite devant le juge d'instruction, elle parla ainsi tout d'une traite...

— Je ne suis pas coupable du cambriolage dont on m'accuse. Si vous cherchez des monte-en-l'air, je n'y vois pas d'inconvénient... A cet égard, je n'ai rien à dire.

Mais ce que je veux vous apprendre ne manquera pas de vous intéresser, au moins autant que ce dont vous voulez vous occuper avec moi...

— Pourtant, dit le juge, on soupçonne votre souteneur, M. Coco...

— Zut pour Coco... Si vous le voulez, cherchez-le je m'en moque.

Elle ne songeait plus qu'à sa vengeance et elle en oubliait pour elle-même les conséquences d'une complicité plus que platonique.

— Attendez... Vous souvenez-vous de la petite Valentine Renot qui...

— La petite Renot... oui...

— C'est lui qui la cache... lui Géraldo! Elle est maintenant sa maîtresse... Il l'a bien dressée, je vous assure...

Et dans un flot de mots typiques, en phrases sifflantes, elle signala au juge toutes les tares de François; elle se vendit elle-même en dénonçant son amant.

Plus que la vérité! Le tableau qu'elle brossa angoissait d'horreur et de dégoût le magistrat dans son fauteuil et le greffier sur sa chaise.

Quand elle eut fini son récit, fait d'une seule haleine, elle s'arrêta essoufflée, et dit simplement :

— Voilà... Maintenant faites de moi ce que vous voudrez. Je ne crains ni la Tour Pointue, ni Saint-Lazare, ni la réclusion... Je suis vengée !

IX

Le juge d'instruction, après avoir fait vérifier quelques-unes des allégations de Margot-Belles-Mirettes, n'hésita pas à faire citer, puis rechercher, au besoin, François Géraldo, qui pouvait bien être coupable d'excitation de mineurs à la débauche, et d'attentat aux mœurs. D'un autre côté, le chef de la sûreté traquait Coco, Bibi-la-Chouette et leur bande.

Au sortir des bras de Valentine, vers onze heures du matin, deux jours après qu'on eût cambriolé son atelier et son appartement, le peintre acheta trois journaux du matin pour se renseigner sur les événements, l'actualité.

A la troisième page de la *Lumière*, un gros titre attira son attention.

UNE AFFAIRE SCANDALEUSE

A la suite d'un cambriolage. — Interview de la concierge. — Arrestation de Mlle Margot-Belles-Mirettes. — Coco et Bibi-la-Chouette. — Graves accusations de la prévenue contre un artiste peintre

*connu. — Un satyre. — Les enfants perdus. — Une
vieille affaire. — Est-ce bien Valentine Renot?*

En lisant ces seuls sous-titres Géraldo pâlit ; ses
jambes mollirent et il dut entrer dans le square d'An-
vers pour y trouver une chaise et y continuer la sug-
gestive lecture des feuilles du matin.

« C'était fatal » se dit-il, avant de se remettre à lire.
« Maladroit que je suis ! En dénonçant Margot je
devais m'attendre à ce résultat. Elle préfère prendre
sa part de responsabilité que ne pas se venger...
Maladroit, maladroit, maladroit !... Que va-t-il m'arriver ? »

Avec une avidité inquiète, il se mit à parcourir les
trois longues colonnes délayées à la hâte par un reporter en mal de copie.

Tout d'abord, le cambriolage était raconté avec un
luxe inouï de détails ; le journaliste, sans doute pour
se donner plus d'importance, augmenter sa valeur,
son poids, évaluait à près d'un million le montant du
vol. Puis il y avait le roman chez la portière. Les
exclamations, les sous-entendus, les réticences, les
oh ! les ah ! les non ! les mon Dieu ! mon Dieu ! de
Mme Pipelet, s'y trouvaient notés avec une exacti-
tude trop scrupuleuse pour être honnête ! Ensuite,
venait le récit, follement dramatisé de l'arrestation
de Mlle Margot-Belles-Mirettes.

Quant à Coco et Bibi-la-Chouette, les agents char-
gés de leur faire un sort les avaient arrêtés dans le

fameux bar de la rue aux Ours que nous connaissons déjà.

Ils s'y trouvaient depuis douze heures à boire en compagnie de la fidèle Nini, dite la Moche, maîtresse productive de la Chouette, les alcools les plus variés et les plus destructifs. Aussi leur état d'ébriété voisinait-il plutôt avec la soulographie la plus accablante, qu'avec la *petite pointe de gaieté*, et c'est là ce qui permit aux braves agents lancés à leurs trousses, de les arrêter sans trop de peine et sans risquer leurs précieuses vies.

Complaisamment l'article énumérait alors l'accusation, ou mieux les multiples accusations portées devant le juge instructeur par Margot-Belles-Mirettes contre son amant « le peintre bien connu G..., héros autrefois célèbre d'un crime passionnel retentissant, commis en pleine terre d'Afrique », écrivait pompeusement et sérieusement le folliculaire, préposé à la sophistication des romans réels de la vie parisienne, dans le grand journal du matin.

Géraldo, dont le front mouillé d'une sueur froide, semblait abriter derrière lui une imagination en feu, ne voyait plus les caractères d'imprimerie qu'à travers des brumes, des nuages... Pourtant une curiosité le poussait, il voulait aller jusqu'au bout.

La vue de deux gardiens de la paix qui, pour traverser le square, suivaient l'allée où il se trouvait, lui fit passer un long frisson glacé dans tout le corps et il crut qu'il allait défaillir.

8

Margot-Belles-Mirettes avait tout raconté, longue-
ment, sans omettre un seul fait, un seul détail, s'ac-
cusant elle-même pour donner plus de poids à ses
affirmations.

Le juge, sentant qu'elle disait vrai, avait aussitôt
donné des instructions à la Sûreté pour faire rechercher le peintre.

Arrivé à ce passage du récit, François se leva et,
après avoir jeté un regard autour de lui pour s'assurer que personne ne le surveillait, il n'eut qu'une
pensée : « Fuir au plus vite, n'importe où. » Instinc-
tivement il revint rue Rodier.

Dans le corridor de la maison où habitait Valentine, il continua sa lecture, en observant d'un œil vi-
gilant les allées et venues, de manière à pouvoir se
dissimuler lorsque quelqu'un passerait. Ce n'était pas
le moment de se faire remarquer !

Il vit que le journal le qualifiait « ignoble satyre »,
« misérable criminel, indigne d'appartenir à l'humanité », « souilleur d'innocences ! »

En d'autres temps, ce dernier qualificatif l'eut
laissé perplexe ou l'eût fait sourire. Et puis enfin il
apprit qu'on recherchait Valentine Renot, et que déjà
la police croyait tenir une bonne piste.

Terrorisé il fit demi-tour, et au lieu de monter chez
« la pomme verte, » il remonta la rue Rodier, prit
l'avenue Trudaine et la rue de Dunkerque, pour dé-
boucher bientôt à proximité de la gare du Nord.

Une gare ! La fuite ! Le départ pour les pays où nul

ne vous connaît ! où l'on peut vivre sans bruit, caché, oublié et absous par le temps qui pardonne !

Mais où aller ? En Angleterre ? Dans les pays du Nord ? Et l'extradition !... On le retrouverait là où ailleurs.

Seuls l'Australie, le centre africain, l'Amérique du Sud et l'Asie, pouvaient offrir quelque sécurité à ses espoirs d'échapper au juste châtiment.

Mais, pour atteindre ces contrées lointaines, il fallait avoir les ressources suffisantes au voyage coûteux. Or, les cambrioleurs n'avaient rien laissé chez lui en fait d'argent ; le mobilier seul avait quelque valeur, seulement le temps lui manquait pour le vendre. D'ailleurs, retourner à son atelier, c'était se jeter, à coup sûr, dans la gueule du loup. Heureusement, il avait eu la bonne idée de retirer trois jours auparavant, un dépôt de 4,000 francs au Crédit Lyonnais. Sur cette somme, 1,200 francs environ lui restaient dans la poche de son veston...

« Fuir... fuir ! pensait-il. Ah ! sentir l'espace vous séparer du lieu du crime ; savoir derrière soi le ruban des distances infranchissables qui se déroule, et voguer vers l'abri espéré quoique inconnu où l'on peut cacher ses fautes et son remords en évitant le châtiment des hommes. »

Mais comment fuir ? Et où aller ? Avec cela, pas un ami à qui se confier, chez lequel trouver un refuge provisoire, en attendant que soit passé l'orage.

« Etait-il donc si coupable que cela en somme ? La

loi ne punit pas le vice caché, ni le concubinage.

Attentat aux mœurs? On ne pouvait l'établir. Du moment qu'il n'y a pas flagrant délit, ce qui se passe dans certaines maisons n'est pas répréhensible. Quant aux mineurs? Le groom ne serait pas retrouvé, et son père d'ailleurs, certifierait qu'il n'avait aucune plainte à formuler, les accusations de Mme Margot n'étant que ragots de concubine abandonnée.

Le gamin donc, ne dirait rien, ayant dû trouver à se placer avantageusement ailleurs.

Restait l'histoire « pomme verte ».

Certes, là, c'était plus grave. « La police croit tenir une bonne piste » affirmait le journal. Donc on allait arriver à trouver l'adresse, rue Rodier.

Et puis? Qu'est-ce que cela prouverait?

Il l'avait recueillie et installée cette gosseline, oui... Ses treize ans étaient sonnés... Elle ne voulait plus rentrer chez ses parents qui la martyrisaient ; et sa bonté, sa charité d'homme, suffisaient à expliquer sa générosité, un peu trop somptueuse.

Si on la trouvait intéressée, il dirait que ses actes n'étaient pas dépourvus de calcul peut-être, car il avouait l'intention d'épouser Valentine dans trois ans, lorsqu'elle serait en âge.

Au cas où un examen médical confirmerait..... des choses gênantes, il répondrait en rappelant l'histoire des deux petits amoureux retrouvés par les agents dans une bâtisse en ruine de l'avenue Félix-Faure, à Grenelle.

Si la gosse parlait, il crierait au chantage. D'ailleurs ce n'est pas lui qui l'avait cherchée ; Margot et une vieille proxénète, gibier palmé pour la correctionnelle, l'avaient académiquement jetée dans son atelier. Son acte n'était qu'une bonne œuvre. Tout au plus pouvait-on lui reprocher une faute, — un crime, non. Il se défendrait.

Mais à l'examen plus approfondi des faits et des causes, une terreur intense le reprenait. Depuis sa « malheureuse affaire » d'Algérie, les seuls mots de prison, de réclusion ou de déportation le faisaient pâlir.

Le souvenir de son séjour au Maroni ne pouvait s'effacer ; c'était le *tu es sacerdos in eternum* ».

Que faire ? que faire ? Pas un ami à qui demander conseil, à qui se confier en ces heures douloureuses et sombres.

Son égoïsme avait fermé le cycle des bonnes affections.

A qui se fier ? à qui demander aide ? A Philippe Champaix ? — Oui, à Philippe, ce brave et loyal Philippe !... Mais il s'en était fait détester en insultant Mlle Nelly de Bienne.

Pourtant c'était un être si clément, si généreux et noble, le sculpteur !

Lui, oui, lui seulement pouvait être le sauveur.

L'atelier de Philippe Champaix se trouvait situé dans un bel immeuble neuf et confortable de la rue Damrémont, derrière la Butte.

S'y rendre, depuis la gare du Nord, présentait pour François, — à son idée du moins, — de nombreux dangers.

Il pouvait être rencontré par des personnes de connaissance ayant lu les journaux et compris qu'il s'agissait de lui, ou flairé par des agents nantis de son signalement.

Un fiacre qui passait faillit l'écraser au coin d'une rue.

— Cocher !...

— Fallait faire attention, bougre d'endormi, répondit galamment l'homme de l'Urbaine qui fouetta aussitôt son cheval pour éviter toute discussion.

Pourtant le peintre ne lui voulait aucun mal ; il ne l'avait hélé que pour monter dans sa voiture.

— Cocher ! appela de nouveau François en s'adressant à un autre automédon.

Celui-ci, pourvu du taximètre, fut poli et s'arrêta, — le taximètre a produit ce résultat absolument inattendu de rendre aimable le plus grossier et grincheux des cochers parisiens.

— 45 *bis*, rue Damrémont, lui jeta vivement Géraldo, en refermant la portière, puis il se renfonça dans un coin de la caisse à voyageurs, pompeusement dénommée voiture par les Compagnies, mais plus justement baptisée *guimbarde* par l'argot faubourien.

Le Salon des Champs-Elysées avait clos ses portes la semaine précédente et Philippe Champaix, s'était

vu, grâce à son seul mérite et malgré toutes les in-
fluences contraires, attribuer par le jury de sculpture
la grande médaille d'Or, pour son splendide buste
de Mlle Nelly de Bienne, sa fiancée.

— J'en étais sûr, disait le beau-père. Vous voyez
que j'ai bien fait de fixer le mariage au 17.

Le dix-sept tombait le lendemain.

Après avoir payé son cocher et reçu de la concierge l'assurance que M. Champaix se trouvait sûrement chez lui, le peintre gravit quatre à quatre les
escaliers conduisant au cinquième étage heureux, de
son ex-ami Philippe.

Le sculpteur occupé à faire emballer tout ce qu'il
trouvait d'objets d'art et de meubles intéressants
dans son modeste atelier, pour les faire transporter
au petit hôtel de la rue de l'Assomption à Passy où
son beau-père envoyait habiter les jeunes mariés,
vint ouvrir lui-même sa porte au coup de sonnette
de Géraldo.

Il n'avait pas eu le temps de lire les journaux depuis plusieurs jours, il ignorait donc tout des dernières aventures de son ami.

Son premier mouvement, à la vue de celui qui
avait osé insulter odieusement sa fiancé, fut de lui
demander : « Que viens-tu faire ici ?... Puis d'ajouter : « Je ne te connais plus... » Mais la pâleur, la
figure bouleversée de son ami, ses yeux inquiets de
bête traquée, lui firent oublier aussitôt ses justes
rancunes et demander avec intérêt et pitié :

— Que t'arrive-t-il ?... Qu'as-tu donc ?

— Je vais te dire... articula non sans peine, le peintre essoufflé par l'ascension rapide des cinq étages et par l'intensité de ses émotions.

— Entre donc...

A la vue des ouvriers occupés à clouer les caisses, Géraldo manifesta une hésitation.

— Ah bon ! Tu as à me parler, comprit Champaix. Viens par ici.

Et il l'emmena dans sa chambre à coucher.

— Quel est le malheur qui t'arrive, mon pauvre vieux ?

— Lis... répondit François, en lui tendant le journal...

Avec non moins d'avidité que n'en avait mis le peintre à cette lecture, Philippe avala les trois colonnes pondues par le reporter prolifique.

Géraldo cherchait à deviner quelle impression la prose du journaliste produirait dans l'esprit de son ami...

— Est-ce vrai ?... demanda simplement celui-ci lorsqu'il eut achevé de lire.

Effondré dans son fauteuil l'amant de Margot ne répondit que par un signe de tête affirmatif.

— Mon pauvre vieux !... que vas-tu devenir !

— Le sais-je...

— Te voilà dans de beaux draps...

— Hélas !...

— Si seulement il y avait un moyen de t'en faire sortir...

— Ecoute, Philippe... ton accueil me prouve que tu as un assez grand cœur pour pardonner les plus lâches offenses...

— Ne revenons pas sur cette histoire, veux-tu bien... Occupons-nous de toi ; ça me paraît plus urgent... Que penses-tu faire ?

— Je ne vois que deux solutions : le suicide ou la fuite...

— Le suicide n'est pas une solution...

Quant à la fuite, à mon avis, elle peut en devenir une... Tout dépend de la manière dont tu l'envisages.

Si tu ne dois fuir que pour éviter le châtiment, sans la volonté formelle de te refaire autre part qu'en France une autre vie, je ne te conseille pas la fuite... Mais, si tu tiens à éviter la prison dégradante et inutile à mon sens, puisqu'elle ne fait que punir au lieu de moraliser, si, dis-je, tu n'aspires qu'à racheter ton passé par un avenir de travail et de renoncement, en mettant ton intelligence et tes qualités au service de tes semblables, où qu'ils soient et où que ce soit, au risque de passer pour un esprit subversif, je t'approuve...

— Ah ! tu m'approuves !... Comme tu me fais du bien... Quel cœur j'ai méconnu et comme je regrette de n'avoir pas su suivre tes conseils de courageux...

— Encore une fois, laissons cela... Penses-tu pouvoir partir et sais-tu où aller ?

— Crois-tu que mes pensées sont assez calmes pour me permettre d'y avoir songé sérieusement.

— Le temps presse peut-être, pourtant ; et il est des heures où les résolutions promptes s'imposent.

. Malgré ce qu'affirme le journal, je ne crois pas que sur le seul témoignage d'une brave femme comme ta Margot-Belles-Mirettes, le juge ait décerné un mandat contre toi... En ce moment, il doit borner son désir à t'interroger... C'est comme témoin qu'il te cite et te fait rechercher... Avant 48 heures, tu n'as rien ou pas grand chose à craindre.

Où veux-tu aller ?

— Le sais-je !...

— Il faut te décider pourtant.

— J'ai songé que l'Australie...

— Oui ; va pour l'Australie ! Mon idée est que le pays importe peu, pourvu qu'il soit neuf, lointain, libéral et accueillant. C'est le cas...

— Seulement... car il y a toujours des obstacles au moindre projet que l'on veut réaliser..... Seulement.....

— Seulement quoi ?...

— Je suis ruiné...

— Saperlotte, je n'y songeais pas... et tu ne peux réclamer ce qui t'a été volé, d'autant qu'il n'apparaît pas d'ailleurs à la lecture du journal, que MM. Coco et Bibi, dans les poches desquels il n'a été retrouvé que quelques louis, soient disposés à rendre gorge ou à indiquer leur probable cachette.

— Il me reste environ douze cents francs.

— C'est quelque chose... J'avoue toutefois que cela me paraît insuffisant pour que tu puisses aller te fixer à Sydney ou dans l'intérieur des terres australiennes...

— Dans l'intérieur, plutôt.

— Tu as raison.

Mais voyons... réfléchissons... C'est ce diable de temps qui file...

Euréka !... Attends-moi là, sans bouger : je sors, et dans une heure je serai de retour, c'est-à-dire à midi et demi.

— Où vas-tu ?

— Sois sans crainte... tu comprendras.

Philippe Champaix courut chez M. de Bienne.

Sans hésiter il raconta tout à son beau-père en lui demandant conseil.

Le père de Nelly réfléchit un instant, puis :

— Il ne m'appartient pas de juger la détermination prise par votre ami... ni de pronostiquer ses conséquences... Vous avez bien fait de venir me trouver pourtant. Comme il me plaît de secourir, de la manière dont il l'indique, votre ami, voici un chèque de six mille francs. Allez toucher cette somme et remettez la lui.

Mais on était un jour de demi-fête ; la banque anglaise où M. de Bienne déposait ses capitaux avait fermé ses guichets à midi, de sorte que malgré toute sa diligence Champaix ne put arriver avant la clôture des bureaux.

Attendre encore trente-six au quarante-huit heures avant de pouvoir partir faisait risquer gros jeu à Géraldo. Les deux amis en convinrent ; aussi, sans vouloir retourner chez son beau-père, Philippe se mit en quête d'un escompteur.

Ce fut à dix heures du soir seulement qu'il le trouva sous les espèces de son maître, Donat.

Mais il était trop tard pour que François s'embarquât dans la nuit.

On décida qu'il partirait le lendemain matin, par le premier train, à destination de Liverpool, d'où il s'embarquerait pour l'Australie.

Le danger ne devait pas être pressant encore, et la route devait rester libre.

Géraldo passa la nuit chez son ami si dévoué. Des larmes de reconnaissance lui mouillaient les paupières ; et lui, l'égoïste invétéré qui n'avait pleuré depuis si longtemps, se sentait soulagé par ces larmes, sanctifié par cette eau de renouvellement du baptême de douleur..... Ses sentiments d'enfant remontaient, victorieux, à son cœur ; son passé sombre s'effaçait... Et tout en pensant, par une crainte bien humaine, à fuir le châtiment, au plus vite, il songeait aussi à se réhabiliter, sinon aux yeux du monde, la chose étant presque impossible,

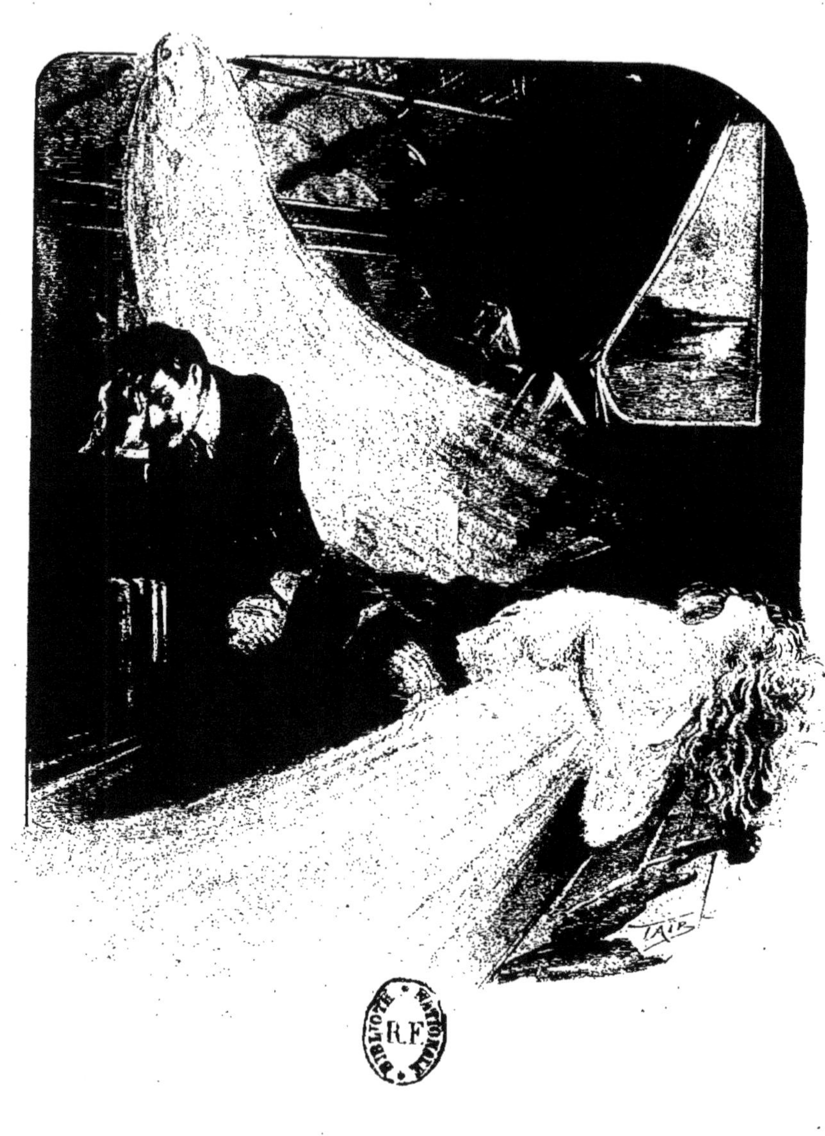

du moins aux yeux du seul ami sincère qui lui restait dans son infinie détresse...

A dix heures quarante-cinq du matin, le lendemain, au moment où François Géraldo prenait son billet pour l'Angleterre en attendant l'exode vers les pays lointains et neufs où les hommes repentants peuvent recommencer une existence ou mourir oubliés, Philippe Champaix se rendait à la Mairie, dans un landau de gala.

Pour le sculpteur, l'heure tant attendue sonnait enfin.

Nelly de Bienne devenait sa femme pour la vie et pour l'éternité.

Rayonnante dans sa robe blanche elle semblait être le sourire vivant du divin bonheur.

Avec quelle joie dirent-ils l'un et l'autre le *oui* sacramentel qui les unissait... Avec quelle chaleur M. de Bienne appela Philippe son fils, en l'embrassant !...

La cérémonie avait lieu sans éclat, dans l'intimité.

Au sortir de la mairie, un nuage de tristesse passa sur le front du marié. Sa femme le remarqua... Elle eut peur...

— Qu'avez-vous mon ami ?...

— Rien, ma chère... femme !...

Il venait de penser à Géraldo, mais bien vite son visage s'était rasséréné.

— « Muri par l'épreuve... pensait-il... il se prendra... »

Au même moment, à l'autre bout de la ville, le train qui emportait le peintre fuyant s'ébranlait.

François Géraldo disait en pensée un éternel adieu à Paris-Suburre, tandis que Philippe Champaix, en plein bonheur, saluait d'un sourire vainqueur son glorieux Paris, citadelle de l'Art, Cité symbolique du Labeur humain et du génie de l'Humanité !

Courbevoie. — Imp. E. BERNARD, 14-15, rue de la Station.

$\mathcal{M}$

Avez-vous une photographie, la vôtre, ou celle de vos parents, de vos enfants, de vos amis, de votre château, villa, maison, de votre cheval, chien, chat, etc. ?

Pour avoir sa reproduction sur 100 cartes postales, *il suffit de l'envoyer* à M. E. Bernard, imprimeur-éditeur, Paris, avec la somme de 5 francs.

On peut aussi faire ces cartes d'après un cliché photographique, un dessin, une aquarelle ou un objet dont on désire la reproduction.

Elles peuvent être faites en carte pleine, en demi-carte, médaillon, etc.

Les ordres sont exécutés au fur et à mesure de leur réception, dans un délai de 15 jours ou d'un mois.

Les documents doivent parvenir franco ; le retour de ces documents est à la charge du client ; le port des cartes est fixé à 50 centimes.

Adresser les commandes :

A M. E. Bernard, imprimeur-éditeur,
            14, rue de la Station, à Courbevoie.

A la Librairie E. Bernard,
            29, quai des Grands-Augustins, Paris.

Aux Succursales :

1, rue de Médicis, 8-9-11, Galeries de l'Odéon,
ou par l'intermédiaire des Correspondants des
Messageries Hachette et de toutes les Bibliothè-
ques des gares.

www.ingramcontent.com/pod-product-compliance
Ingram Content Group UK Ltd.
Pitfield, Milton Keynes, MK11 3LW, UK
UKHW021728090726
13657UKWH00002B/580